NUR EIN FUNKEN HOFFNUNG

Ursula Türke

NUR EIN FUNKEN HOFFNUNG

„Leben mit einer unheilbaren Krankheit"

© 2004 Ursula Türke
Herstellung und Verlag: Books on Demand GmbH, Norderstedt
ISBN 3-8334-1877-X

INHALT

NUR EIN FUNKEN HOFFNUNG

Ich, ja, ich möchte meine Geschichte erzählen, auch wenn es mir emotional noch sehr schwer fällt. Ich dachte, ich hätte das alles, was mit mir passiert ist, verarbeitet, vielleicht sogar überwunden und könnte nur noch für den Moment leben, wieder frei sein. Aber beim Schreiben begreife ich erst so richtig, was meine Familie und ich durchgemacht haben. Diese ganzen Ängste und Sorgen, die nie wieder aufhören werden. Jeder von uns muss sein Schicksal tragen, und viele Menschen haben auch von heute auf morgen diese grausame Wirklichkeit erfahren, dass es sie diesmal persönlich betrifft. Nein, es sind nicht immer die anderen, von denen man so etwas nur hört. Diesmal bist du es selbst. Dass man nicht die geringste Chance hat zu überleben, mit der Diagnose Tod leben muss. Zu denen gehöre ich auch. Es ist für mich so unbeschreiblich traurig, und dennoch möchte ich vielleicht einigen Menschen Mut machen und sagen: Gebt niemals auch nur einen Tag im Leben auf! Werdet zum Kämpfer, bewegt etwas und erfüllt euch noch einen Traum. Egal welches Schicksal sich hinter jedem verbirgt. Denn es kommt doch manchmal anders, als man denkt.

Mein Name ist Ulla, seit 16 Jahren bin ich glücklich verheiratet mit Gerd, einem ganz lieben und fürsorglichen Ehemann. Wir führen eine harmonische Ehe und respektieren uns sehr, jeder hat seine Hobbys und seinen Beruf, ich stehe mitten im Leben, so denke ich zumindest, verdiene für meine Verhältnisse gutes Geld und bin an einem

Punkt angekommen, wo man sehr zufrieden sein kann. Ich bin Buchhalterin von Beruf, in einer großen Steuerberater- und Rechtsanwaltspraxis, wir haben ein sehr gutes Arbeitsklima, so was findet man nicht so schnell in der heutigen Zeit. Gerd ist seit 36 Jahren Drucker von Beruf. Wir wohnen in einem kleinen Ort am Rande des Odenwalds. Waschenbach liegt in einem Tal und ist von Wäldern umgeben. Eigentlich steht der Wald direkt vor unserer Haustür. Es leben ungefähr 650 Seelen hier. Unsere Dorfgemeinschaft ist noch völlig intakt. Gerd ist hier geboren, also ein echter Einheimischer, und wir lieben die Natur. Wir unternehmen oft an Wochenenden lange Spaziergänge in unserer Umgebung. Wir wohnen zur Miete bei sehr netten Vermietern, da kann man schon fast von Familienanschluss reden.

Wenn man abends von der Arbeit nach Hause fährt, kommt man an Feldern, Wiesen und Weiden vorbei, den Stadtstress lässt man dann ganz schnell hinter sich und man kann wieder tief durchatmen. Hier ist die Welt noch in Ordnung, wir fühlen uns sehr wohl in unserer kleinen Gemeinde. Ich komme aus Seeheim an der berühmten Bergstraße, das ist nur wenige Kilometer von Waschenbach entfernt, meine Mutter wohnt auch noch dort. In so einem Ort kennt jeder jeden und wir sind sehr beliebt, haben einen großen Bekanntenkreis und sind oft mit Freunden unterwegs, also wenn irgendwo ein Fest in der Nähe ist, fehlen wir nie. Außerdem haben wir vor zehn Jahren einen Stammtisch gegründet, insgesamt sind wir vier Pärchen und treffen uns jeden Freitag zum Stammtisch. Wir fahren öfter zusammen in Urlaub, da ist immer etwas los. Ja, ich bin so weit zufrieden mit meinem Leben. Ein sehr geradliniges Leben, es ist alles überschaubar und wir haben keine großen Sorgen.

Klingt doch alles recht nett. Ein ganz normales Leben mit kleinen Höhen und Tiefen. Wir wollten nicht unbedingt Kinder, ich habe es auch nie vermisst.

Man meint, das Leben könne einem nichts anhaben, es würde immer so weitergehen, aber der Schein trugt gewaltig.

BEGINN

Mitte Dezember 2002 merke ich eines Tages, als ich vom Parkplatz zur Firma gehe, dass ich irgendwie merkwürdig gehe, nicht mehr so fließend, ein bisschen abgehackt. Es gibt kein Datum, das ich benennen kann, wann es genau anfing. Mache mir aber darüber absolut keine Gedanken. Erzähle es meiner Arbeitskollegin und sehr guten Freundin Geli, aber sie kann im Moment nichts an mir feststellen. Zu diesem Zeitpunkt merke nur ich, dass irgendetwas mit mir nicht stimmt. Gehe nach wie vor zweimal die Woche zum Sport. Wir unternehmen lange Spaziergänge, denn wir haben den Wald ja vor unserer Haustür.

Weihnachten steht vor der Tür, da geht es auf der Arbeit so richtig zur Sache, alle Mandanten wollen ihre Löhne und Gehälter pünktlich vor Weihnachten haben. Das muss alles fertig werden, obwohl einem fast eine ganze Woche fehlt durch die Feiertage. Weihnachten sind unsere geruhsamen Tage, da wird nicht viel unternommen, außer die Familie besuchen und wieder einmal zu viel essen über die Feiertage. Silvester verbringen wir mit Freunden und unserem Stammtisch. Die erste Januarwoche nehme ich mir meistens Urlaub. Man muss ja nicht gleich im neuen Jahr mit der Arbeit beginnen, außerdem hat Gerd am 6. Januar Geburtstag. Er wird dieses Jahr 52 Jahre alt, da feiern wir auch immer recht ausgiebig. Ja, das Jahr 2003 fängt eigentlich gut an, habe ich da noch gedacht. Dass ich weiterhin nicht so fließend gehe, nehme ich zur

Kenntnis, denke aber, das gibt sich bestimmt wieder, kann ja nichts Größeres sein, denn es schmerzt ja nirgends. Dass das mein Leben dermaßen verändern wird, weiß ich zu diesem Zeitpunkt noch lange nicht.

Am 16. Januar stirbt, ohne jegliche Vorwarnung, mein alter Kater Tizian, ein echter Garfield, auch so schön rot gemustert. Er wäre im April 18 Jahre alt geworden. Habe ihn wie jeden Morgen nach draußen gelassen und mich in der Zeit angezogen, ich weiß, dass er nach zehn Minuten bibbernd unten vor der Tür steht und sehnsüchtig auf mich wartet. Ich habe ihn wieder reingelassen und bin mit ihm ganz normal die Treppe hochgegangen, wie jeden Morgen. Im Flur in unserer Wohnung angekommen, fällt er plötzlich um, streckt sich noch einmal, gibt noch einen leisen Ton von sich und ist in weniger als 30 Sekunden tot. Ich stehe fassungslos, zitternd da, den Telefonhörer schon in der Hand, um den Tierarzt anzurufen, zu spät. So schnell konnte ich nicht reagieren, wie er mir weggestorben ist. Dass ich bei seinem Tod dabei bin, ist purer Zufall, denn normalerweise lasse ich Tizian in die Wohnung, ziehe die Wohnungstür von außen zu und fahre zur Arbeit. Dass ich dabei war, als er starb war für mich ein grausig-schönes Erlebnis, denn so habe ich mit eigenen Augen gesehen, dass er nicht eine Sekunde gelitten hat. Wenn wir ihn abends tot in der Wohnung aufgefunden hätten, wären meine Gedanken unerträglich gewesen. Hätte ich was tun können, hat er gelitten, vielleicht sogar stundenlang, wäre er vom Tierarzt noch zu retten gewesen? Fragen über Fragen, die ich mir nicht mehr zu stellen brauche. Die Trauer ist sehr groß. Ich habe ihn geliebt, wie man nur ein Tier lieben kann. Er ist fast 18 Jahre lang mein guter Freund in allen Lebenslagen gewesen. Ich hatte ihn ja schon, bevor ich Gerd überhaupt kennen lernte. So habe ich mir in der Zeit der Trauer keine Gedanken um meinen Fuß gemacht, das war erst einmal nebensächlich. Wir sind dann nur noch abends unterwegs nach der Arbeit gewesen. Bei Freunden und in der Dorfkneipe, wo jeder seine Problemchen loswerden kann. Ich konnte die leere Wohnung im Moment einfach nicht ertragen. Dass ich nicht mehr mit einem Miau begrüßt wurde, hat mir so sehr gefehlt. Da ich im Januar eine Woche Urlaub hatte und Jahreswechsel war, hatten wir ziemlich viel zu tun im Büro, so habe ich öfters lange gearbeitet, da war ich abgelenkt, und so verging ein Tag nach dem anderen.

Anfang Februar 2003 fragen mich schon einige Kolleginnen, was mit mir los sei, ob ich mir am Fuß wehgetan hätte, denn ich würde humpeln, oder ob ich mich nur vertreten hätte. Ich sage, scheint wohl so zu sein, habe es aber nicht mitbekommen, wann es passiert sein soll. Gerd meint auch, dass es sich mit der Zeit bestimmt wieder geben wird.

Ich löse mit Geli unseren Gutschein in einem Fitnessstudio ein, den wir von unseren Chefs zu Weihnachten geschenkt bekommen haben. Ein Gesundheitscheck mit zehn Freistunden für alle Sportgeräte. Na, dann los, denke ich. Weg mit dem Weihnachtsspeck. Der Therapeut untersucht mich gründlich, findet mich für mein Alter von 41 Jahren noch ganz fit, aber als er sagt, ich solle meine

Füße anziehen, geht der rechte Fuß ganz und der linke Fuß nur noch halb nach oben, da sehe ich zum ersten Mal, wo mein Problem überhaupt liegt, das ist mir vorher gar nicht aufgefallen. Der Therapeut sagt zu mir, ich solle doch dringend einen Arzt aufsuchen. Das sei nicht normal. Ausgerechnet ich, wo ich, wenn es nur geht, mich vor jedem Arztbesuch drücke. Ich fühle mich zu diesem Zeitpunkt absolut kerngesund.

Aber der Gedanke lässt mir ab jetzt keine Ruhe mehr, nagt an mir, Ulla, du musst zum Arzt, das kannst du nicht mehr länger anstehen lassen. Es ist schon ein Monat vergangen und dein Fuß ist nicht besser geworden, sondern eher schlechter. O. K., ich gehe ja schon zum Arzt.

Da ich so viel Ärzteerfahrung habe, nämlich gar keine, gehe ich erst einmal zum Hausarzt. Er schaut sich das Problem an und meint, das könne eventuell von einem Bandscheibenvorfall ausgelöst worden sein. Ich schaue ihn ganz entgeistert an und sage, das hätte ich aber irgendwie merken müssen, denn ich habe ja absolut keine Schmerzen. Ich bin ganz sicher, dass es nicht die Bandscheiben sind. Mein Hausarzt kann mir da nicht weiterhelfen und überweist mich zu einem Neurologen, fragt mich, ob ich einen kenne, ich sage nein, habe noch nie im Leben einen gebraucht. Mein Arzt sagt, der Termin solle schnell in Angriff genommen werden, er kenne einen Neurologen in Pfungstadt, wo man recht schnell einen Termin bekommen könne, und vereinbart telefonisch einen Termin in einer Woche.

DIE ZEIT DER UNGEWISSHEIT

Das ist der Beginn einer Odyssee von Bangen und Hoffen und einer Ärzteschar. Das weiß ich aber bis dahin noch nicht. Ich bin so unglaublich unbedarft.

Ich nehme den Termin wahr. Der Neurologe, ein sehr netter Arzt, untersucht mich und meint auch, dass es sich um einen Bandscheibenvorfall handeln müsse, und überweist mich zur Kernspintomographie. Also gut, mache ich ja alles mit. Den Termin auch wahrgenommen. Wieder einen Termin beim Neurologen vereinbart, wenn der Bericht vom Ergebnis der Kernspintomographie da ist.

Der Bericht kommt und der Neurologe meint, ich hätte zwar einen Bandscheibenvorfall, aber der sei zu gering, um so etwas an meinem Fuß auszulösen. Der Neurologe rät mir dringend, in ein Krankenhaus zu gehen, in die Neurologie, für ungefähr fünf Tage, um mich dort gründlich untersuchen zu lassen, um auch Nervenwasser zu ziehen. Mir bleibt nichts anderes übrig, als dem zuzustimmen, und der Neurologe vereinbart sofort einen Termin im nächstgelegenen Krankenhaus, und das schon in drei Tagen.

Der Horror beginnt!!!

So langsam fange ich an, mir ernsthafte Sorgen zu machen. Es macht keinen Spaß mehr, ich will endlich wissen, was ich habe. Das kann ja wohl die Welt nicht sein.

Das Spaziergehen fällt mir schon etwas schwerer, weil ich meinen Fuß nicht mehr richtig abrollen kann. Auch meine Fußzehen lassen sich immer schlechter bewegen, ihnen fehlt die Kraft. Mittlerweile fällt es schon jedem Bekannten auf, wie ich gehe, und jeder spricht mich darauf an. Ich sage immer nur, dass ich nicht weiß, woran es liegt, dass es heimlich schleichend, ohne auch nur den geringsten Schmerz zu verursachen, immer schlimmer wird. Dass ich in den nächsten Tagen einen Termin im Krankenhaus habe. Dass die Ärzte mir bestimmt sagen können, was mir fehlt, und dementsprechend helfen werden.

Da die Kraft im Fuß insgesamt nachgelassen hat, gehe nicht mehr zur Aerobic-Stunde. Das finde ich gar nicht in Ordnung, denn bei der Aerobic-Stunde war ich immer gut ausgepowert, hat echt viel Spaß gemacht. Aber ich kann einfach nicht mehr mithalten mit den anderen, und dann kommt die Angst dazu, dass ich hinfallen könnte.

Und das alles innerhalb von nur zwei Monaten!

Der 25. Februar 2003 war schneller da, als mir lieb war. Ich ließ mich von Gerd ins Krankenhaus bringen. Das Krankenhaus liegt nur sechs Kilometer von Waschenbach entfernt.

Schon der Geruch eines Krankenhauses macht mich dermaßen nervös, und eigentlich will ich wieder nach Hause, obwohl ich noch gar nicht richtig drin bin. Ich komme in ein Zweibett-zimmer und neben mir liegt eine Frau, so um die Mitte fünfzig, die völlig pflegebedürftig ist. Na, das fängt ja gut an, denke ich mir. Bin mit so schlimmen Krankheiten noch nie konfrontiert worden. Denn ich bin ja kerngesund, bis auf das mit meinem Fuß. Die Frau leidet unter MS, sie ist schon völlig gelähmt und kann überhaupt nichts alleine machen. Unterhalte mich ein bisschen mit ihr. Außer Blutabnehmen haben die Ärzte noch nichts von mir gewollt. Abends kommt ein Arzt zu mir und sagt, er müsse mich auch rektal untersuchen. Das haut mich um, es ist mir sehr unangenehm, ich denke, wofür muss der Arzt mir in den After greifen, was hat das Ganze denn mit meinem Fuß zu tun? Aber auch das muss ich mir gefallen lassen. Das ist für den ersten Tag alles, was sie mit mir angestellt haben. Und dafür hänge ich hier einen ganzen Tag rum. Gerd kommt nach der Arbeit vorbei, wir gehen am Krankenhaus-Kiosk einen Kaffee trinken. Gerd will mir noch einen Fernseher vorbeibringen, aber ich sage, ich möchte nur viel lesen. Das tue ich später auch, da kann ich vollkommen abtauchen in die Welt der spannendsten Krimis.

Der 26. Februar 2003 beginnt mit Nervenwasserziehen. Ich habe es überlebt. Weil ja vorher jeder eine andere Horrorvision davon erzählt hat, finde ich es gar nicht so schlimm. Man soll danach nur ein paar Stunden liegen bleiben und viel Wasser trinken. Aber nach einer Stunde geht es schon weiter, die Lunge wird geröntgt, und dann wird es erst richtig gut. Ich komme in einen Raum, muss mich hinlegen, und dann wird eine Elektromyografie durchgeführt. Sie fangen an, mir mit Nadeln in die Beine zu stechen, mindestens 20-mal. Wäre ja nicht so schlimm, wenn sie die Nadeln nicht so heftig hin- und herbewegen würden, das tut ganz schön weh. Das ist zu viel für heute, ich bin ganz schön fertig. Von solchen Foltergeräten habe ich bisher noch nichts gewusst. Der Oberarzt sagt zu mir, ich hätte einen ganz schön schlimmen Tag hinter mir und sei sehr tapfer gewesen. Na toll, denke ich, der muss es ja wissen. Abends kommt Gerd wieder vorbei und ich bin völlig fertig, ich will nach Hause, aber das geht ja schlecht. Gerd fährt ganz geknickt nach Hause, sind ja nur sechs Kilometer. Abends lese ich wieder viele Stunden, man wird müde vom Nichtstun, und ich schlafe sehr gut ein.

Am 27. Februar 2003 stellen die Ärzte mich unter Strom, das ist auch sehr nett, es bitzelt überall und bei der einen Untersuchung, die nennt sich Kernblock, bekommt man einen Stromschlag in den Rücken, wenn ich einen Herzschrittmacher hätte, der würde bestimmt rausfliegen, das ist heftig. Zwischendurch immer wieder Blutabnehmen. Die Frau nebenan kann nicht einmal alleine Wasser trinken, die Schwestern kommen auch nicht so oft vorbei. Also kümmere ich mich ein wenig um sie, bringe ihr eine Telefonkarte und halte den Telefonhörer, damit sie mit ihrem Mann sprechen kann. Er kommt auch, und kaum ist er im Zimmer, schimpft er auch schon los, dass sie wörtlich nach Scheiße stinkt. Gut, es roch ein bisschen im Zimmer, ich war gerade beim Abendessen, war nicht gerade förderlich für meinen Magen, aber ich hatte sowieso keinen Appetit. Aber was kann denn die Frau dafür, sie kann sich nicht einmal bewegen. Das ist doch ein Alptraum von einem Mann, denke ich, anstatt sie ein bisschen aufzumuntern, macht er alles nur noch viel schlimmer. Sie bekommt Kortison-Infusionen und ist schon ganz rot im Gesicht. Ich denke, lieber Gott, lass mir das nie im Leben passieren, dass man so hilflos wird. Gerd kommt und findet es auch ziemlich schlimm, wie sich der Mann benimmt. Von der Firma habe ich heute einen schönen Blumenstrauß bekommen, die Kollegen haben alle gesammelt und mir einen Gutschein geschenkt von meiner Lieblings-Boutique. Damit ich, wenn ich wieder GESUND bin, mir einen schönen Tag machen kann. Abends vertiefe ich mich wieder in meinen Krimi. Nur nicht so viel nachdenken, das bekommt mir im Moment gar nicht gut, immer wieder ablenken, sonst geht man ein wie ein kleines Primelchen ohne Licht und Wasser. So komme ich mir im Moment vor, dass ich so vor mich hinwelke, wenn ich nicht bald hier rauskomme.

Am 28. Februar geht es mit dem Krankentransport in die Stadt und es wird wieder eine Kernspintomographie gemacht. Der Oberarzt sagt, ich könne mich froh schätzen, wenn es nur die Bandscheiben seien. Zu diesem Zeitpunkt verstehe ich ihn nicht, was er genau damit meint. Ich denke in letzter Zeit oft, das ist alles nur ein Alptraum, aus dem ich gleich wieder aufwachen werde. Aber ich werde einfach nicht wach und alles ist wieder gut. Nein, es soll noch schlimmer kommen. Gerd kommt wie immer vorbei und wir trinken zusammen Kaffee, er will abends gar nicht mehr weg von mir. Ich muss ihn immer heimschicken. Und abends immer wieder lesen, lesen, lesen.

Am 1. März 2003 werde ich auf versteckte Diabetes hin untersucht. Es wird ein Test gemacht. Einmal mit nüchternen Magen in den Finger stechen und Blut abnehmen, dann muss ich einen halben Liter Flüssigkeit ganz schnell trinken, schmeckt sehr süß, und wieder in den Finger stechen. Nach einer Stunde wieder in den Finger stechen. So kann man auch einen Morgen rumkriegen. Nachmittags geht es wieder mit dem Krankentransport in die Stadt zur Sonographie am Bauch, das tut einmal nicht weh. Mittlerweile habe ich eine neue Bettgenossin, sie ist auch schon älter, aber fit und sehr nett. Glück gehabt. Zeige mich in der Öffentlichkeit immer froh gelaunt, aber mir ist mehr und mehr zum Heulen zumute. Keiner sagt, was ich habe, ich kann das nicht begreifen, immer nur weitere Untersuchungen. Zucke schon jedes Mal zusammen, wenn ich einen neuen Untersuchungstermin bekomme. Gerd kommt vorbei und wir gehen wie immer Kaffee trinken, reden darüber, dass man die ganzen Untersuchungen auch ambulant hätte machen können, dann wäre ich wenigstens zu Hause. Bin sowieso den ganzen Tag angezogen und draußen an der Luft, wenn ich keine Termine habe. Benutze das Bett nur zum Schlafen.

Den 2.März 2003 – heute fängt die Fastnacht an – im Krankenhaus zu verbringen, so habe ich mir das nicht vorgestellt. Der Neurologe aus Pfungstadt hatte etwas von fünf Tagen erzählt und die sind mittlerweile abgelaufen. Irgendwann erwische ich einen Arzt, frage ihn, ob sie jetzt endlich wüssten, was ich habe, ich bekomme aber weiterhin nur ausweichende Antworten, dass noch Untersuchungen ausstehen würden, man müsse noch abwarten. Zum Oberarzt sage ich später, dass ich mich doch kerngesund fühle. In der Hoffnung, das ich entlassen werde.

Da sagt er zu mir, ich könne froh sein, wenn ich keine ganz schlimme Krankheit hätte. Das verstehe ich auch nicht, wie er das meint. Wieder geht es mit dem Krankentransport ins Krankenhaus nach Darmstadt, habe einen Termin zum Ultraschall an meinen Schilddrüsen. Abends kommt Gerd, bringt mir eine Piccoloflasche Sekt vorbei und sagt, dass er und unsere Freunde um 21 Uhr an mich denken und wir zusammen anstoßen. Muss ihn schon auf die Fastnacht zwingen, er will nicht alleine hingehen. Ich sage zu ihm, dass mir das auch nicht hilft, im Gegenteil, er soll doch wenigstens ein paar Bilder machen. Um 21 Uhr trinke ich einsam meinen Piccolo und wäre so gerne bei Gerd und meinen Freunden gewesen. Ich bin sehr, sehr traurig.

Am 3. März 2003 geht es schon wieder mit dem Krankentransport in die Stadt, vorher bekomme ich noch eine Kanüle gelegt, damit sie mir gleich in Darmstadt Blut abnehmen können. Die Kanüle piekst mich die ganze Fahrt über. Und alles dauert immer so lange, immer warten, warten, warten. Für fünf Minuten Blutabnehmen ist man dann über drei Stunden unterwegs. Aber ich habe ja sonst nicht zu tun hier. Man wird so behandelt, als ob es kein Leben außerhalb des Krankenhauses gibt. Dass man einen Beruf hat und dass vielleicht auch die Familie auf einen warten könnte. Ich glaube, dass sie das nicht verstehen können, denn die Ärzte können abends nach getaner Arbeit wieder nach Hause gehen. Dass man wieder rauswill, in das normale Leben. Ich könnte langsam verzweifeln. Gerd kommt wie immer und tröstet mich.

Am 4. März 2003 werde ich noch mal gequält, werde wieder einmal in die Waden gestochen und unter Strom gestellt, und mir wird plötzlich mitgeteilt, dass ich morgen entlassen werde. Ja, wie, sage ich, was habe ich denn jetzt? Bekomme wieder keine richtige Antwort. Später frage ich den Oberarzt, der sagt, es können die Bandscheiben sein, aber es könnte auch ein Verdacht auf eine Motoneuron-Erkrankung vorliegen, man könne nur abwarten, wie es sich weiter entwickelt und dass es nicht schlimmer wird. Zu diesem Zeitpunkt war ich nur froh, nach Hause zu dürfen, weil schon acht Tage vergangen waren, und über das Wort „Motoneuron" habe ich mir auch keine Gedanken gemacht. Mein Gott, wie kann man nur so naiv sein. Aber hinterher ist man ja immer schlauer.

Am 5.März 2003 werde ich morgens entlassen mit den Worten, ich solle doch in Abständen von drei Monaten zur Untersuchung kommen, der Krankenhausbericht werde meinem Neurologen zugesandt. Ich rufe Gerd an, dass er mich vom Krankenhaus abholen kann.

Anmerken muss ich noch ganz dringend, dass mich ganz viele liebe Freunde besucht haben und auch viele angerufen haben und meine Mutter Mummel natürlich. Das gab mir die Kraft, den Krankenhausaufenthalt ohne großes Murren zu überstehen. Ich wusste zu diesem Zeitpunkt ja nicht, wieso sie mich so gequält haben und was das alles mit meinem Fuß zu tun hat. Sie waren wirklich sehr gründlich gewesen bei den ganzen Untersuchungen. Sie haben nur nicht mit mir über meine Krankheit gesprochen.

Anschließend fahren wir gleich nach Pfungstadt zum Neurologen, er fragt mich, ob ich wüsste, was ich hätte, was rausgekommen sei bei den ganzen Untersuchungen. Ich sage, nichts Genaues, er würde ja einen Bericht vom Krankenhaus bekommen. Gut, dann warten wir auf den Bericht vom Krankenhaus, sagt er. Er schreibt mich für den Rest der Woche krank, was ich auch bitter nötig habe. Es vergehen gute vier Wochen und mein Fuß wird immer schlimmer – jetzt kann ich den linken Fuß überhaupt nicht mehr anziehen, das heißt, er hängt jetzt schlapp nach unten, ich muss ständig aufpassen, dass ich nicht darüber stolpere. Hebe jetzt bei jedem Schritt mein Bein höher, um dies auszugleichen, sieht halt nicht gerade toll aus. Bei jedem Schritt, den ich gehe, muss ich aufpassen und mich konzentrieren. Da ich keine Diagnose habe, bekomme ich auch keine Hilfe, es heißt immer, wir müssen erst die Ursache finden, dann kann mir auch geholfen werden.

Nächster Termin beim Neurologen, er hat den Bericht vom Krankenhaus gelesen und fragt mich, was ich neun Tage im Krankenhaus gemacht habe für so ein Ergebnis. Es steht im Bericht keine Diagnose, sondern nur „Verdacht auf". Der Neurologe ist hartnäckig und sagt, ich solle noch einen Termin in einem anderen Krankenhaus wahrnehmen. Ich bekomme einen großen Schreck, aber er beruhigt mich sofort und sagt, das kann man auch ambulant an einem Tag erledigen. Die Arzthelferin vereinbart einen Termin in sechs Wochen. Nach Heidelberg in die Neurologie. Schon wieder sechs Wochen warten, ich kann das nicht glauben, ich möchte endlich wieder normal gehen können. Diese Warterei und Ungewissheit ist nicht auszuhalten, mir geht es psychisch immer schlechter, doch nach außen hin zeige ich es nicht, immer stark bleiben, immer optimistisch.

An Ostern wollten wir für drei Tage in den Spessart fahren, in Heikes Heimat. Heike und Volker sind unsere Hausbesitzer, gleichzeitig auch unsere Nachbarn, Wir waren letztes Jahr mit dem Fahrrad dort, 60 Kilometer einfach, mit einer Übernachtung, und am nächsten Tag sind wir wieder zurückgeradelt, wir hatten super Wetter, es war einfach eine sehr schöne Zeit. Da war ich noch voll fit, darüber darf ich gar nicht nachdenken. Wir hatten vereinbart, dass Gerd und ich mit dem Auto fahren, als Begleitservice, weil ich dieses Jahr beim Fahrradfahren ausfalle. Wenn die anderen dorthin radeln, können wir uns immer wieder zu einer Rast treffen. Am Karfreitag, es ist ein schöner, sonniger Tag, sind wir mit meiner Mutter unterwegs im Odenwald, Kaffee trinken, und gehen später noch mal in den Biergarten, bei so einem Osterwetter muss man einfach an die frische Luft. Alles ist gut, und auf dem Nachhauseweg stolpere ich über meinen eigenen Fuß und falle fürchterlich hin. So schnell kann Gerd mich nicht auffangen. Gerd hilft mir wieder auf die Beine, es tut höllisch weh. Wir schaffen es gerade so nach Hause und Gerd stützt mich die Treppe rauf. Als Erstes Eis auf den Fuß und überlegen, was wir als Nächstes tun werden. Der Fuß wird immer dicker, und es ist natürlich Karfreitag. Die Nacht liege ich mit großen Schmerzen wach. Wir fahren dann am Samstag ganz früh in die Poliklinik nach Darmstadt, mittlerweile haben wir telefonisch unseren Kurzurlaub abgesagt. Ich werde geröntgt, das ist sehr schmerzhaft mit so einem dicken Fuß, es wird ein Bänderriss festgestellt. Das heißt, vier Wochen eine Schiene tragen und so wenig wie möglich belasten. Das musste ja so kommen. Wenn es einem schon dermaßen beschissen geht, dann gleich noch einen drauf, ich habe ja breite Schultern. Die Schiene hält meinen Fuß ziemlich gerade und ich kann ganz gut damit gehen. Die Tage des Wartens vergehen sehr langsam, der Bänderriss heilt.

Es sind lange sechs Wochen vergangen. Ich habe immer noch die Hoffnung, irgendwie durch eine Operation oder was weiß ich, dass ich wieder normal gehen kann. Aber mein Bein wird schlimmer, jetzt fängt langsam die Wade an, immer dünner zu werden, man kann fast zuschauen, wie es sich verändert. Die Angst schleicht sich jetzt langsam, aber stetig in mein Gehirn. Was passiert nur mit mir? Bitte lass es endlich wieder aufhören. Ich will das alles nicht. Ich möchte doch nur wieder ganz normal gehen können. Wenn mich jemand auf der Straße gehen sieht, fragen die Leute immer nur, na Ulla, immer noch nicht besser? Das gibt es doch nicht, die Ärzte müssen doch etwas dagegen unternehmen, sie verstehen es auch nicht. Ich sage, dass ich noch einen Termin im Krankenhaus in Heidelberg habe, die müssen mir einfach helfen.

Endlich, der Termin in Heidelberg, voller Hoffnung fahren wir hin. Nach zwei Stunden Warten trotz Termin, aber wir haben ja Zeit, kommt ein junger Arzt und bittet mich in ein Zimmer. Da er mich schon gehen gesehen hat, ist ihm mit Sicherheit völlig klar, was ich habe, aber er sagt es nicht. Er überprüft meine Reflexe und liest den Bericht von Eberstadt, den ich in Kopie dabeihabe, und sagt, dagegen kann man nichts machen, die Ärzte in Eberstadt seien sehr gründlich gewesen, um aber das mit den Bandscheiben komplett auszuschließen, rät er mir, noch eine CT an der Halswirbelsäule machen zu lassen, er schließt sich ihrer Diagnose an. Ja, was für eine Diagnose? Die hätte ich gerne, ich möchte doch nur wissen, was mit mir los ist. Ist das zu viel verlangt? Er sagt, es gibt Tabletten, die das ganze verlangsamen, aber nicht aufhalten würden. Und wieder frage ich nicht nach, zum Beispiel was aufhalten, was verlangsamen? Nein, ich bin so bitter enttäuscht, dass mir im Moment alles egal ist. Ich bekomme nur einen handschriftlichen Bericht, der sich an Eberstadt voll anschließt, ohne Diagnose. Obwohl schon beide Krankenhäuser den Namen dieser Krankheit wissen, lassen sie mich im Dunkeln stehen.

Sehr enttäuscht von Heidelberg fahren wir wieder nach Hause. Meine ganze Hoffnung ist in 20 Minuten zerstört worden. Wie soll das bloß weitergehen mit mir? Es muss doch irgendein Arzt zu finden sein, der mir helfen kann. Wir leben doch im 21. Jahrhundert, oder nicht? Ich bin im Moment ziemlich nah am Wasser gebaut, muss mich ständig unter Kontrolle halten, dass ich nicht einfach irgendwo unkontrolliert losheule – und diese verdammte Angst, die von einem Besitz ergreift, die einem den Atem nimmt. Das war Mitte Mai 2003.

Meine Mutter hat am 27. Mai Geburtstag, wir sitzen bei Kaffee und Kuchen, reden natürlich auch über mich.

Denn die Verschlechterung von Woche zu Woche wird immer offensichtlicher. Meine zwei Brüder sind da und wir machen noch Witze über mein Bein, bin mittlerweile ein bisschen schwarzhumorig geworden, das hilft mir, mit der Situation einigermaßen umzugehen.

Also wieder zu meinem Neurologen mit dem super Bericht, er schüttelt auch nur den Kopf und schaut mich ratlos an, er hat mich über sechs Wochen nicht gesehen. Sieht die Verschlechterung auch deutlich an meinem Bein. Aber er ist ja, wie schon gesagt, sehr hartnäckig und sagt zu mir, erst lassen wir noch eine CT an der Halswirbelsäule machen, und dann, die letzte Möglichkeit wäre, einen Termin in der Uniklinik in Mainz zu vereinbaren. Das wäre auch nur für einen Tag ambulant. Bekomme auch einen Termin in sieben Wochen. Nein, ich flippe nicht aus, bin ganz ruhig, wieder so lange warten, ich weiß einfach nicht, womit ich das verdient habe, es ist für mich einfach nur noch unendlich traurig. Ich laufe total beschissen und muss so aufpassen beim Gehen, das ist so anstrengend für mich geworden. Auch in der Firma sind sie langsam alle sehr besorgt um mich, ich schleiche die Treppen hoch wie eine alte Frau. Es ist doch noch gar nicht lange her, da bin ich die Treppen hoch- und runtergerast wie eine Verrückte.

Zwischenzeitlich habe ich auch den Termin wahrgenommen, eine CT an der Halswirbelsäule durchführen zu lassen. Wie ich mir schon gedacht habe, kommt dabei auch nichts heraus. Im Gegenteil, alles bestens. Ich war innerhalb eines halben Jahres bei so vielen Ärzten, langsam macht es mir nichts mehr aus, dass ich ständig irgendwelche Termine habe. Man stumpft mit der Zeit ab. Ich weiß, dass die Ärzte ihr Bestes tun, sie wollen mir ja nur helfen, und ich spreche mir immer wieder gut zu.

Eine Woche Urlaub auf Kreta, von unserem Stammtisch aus, ich freue mich, das Meer und den Strand zu sehen. Vielleicht komme ich auch auf andere Gedanken und werde ein bisschen ruhiger. Was würde ich dafür geben, nur einen Tag unbeschwert genießen zu können. Einen Tag nicht an mein Bein zu Denken, einfach nur lachen und Blödsinn machen. Der Urlaub war schon letztes Jahr geplant und gebucht worden. Beim Kofferpacken sehe ich, dass ich viele Schuhe nicht mehr anziehen kann, gerade die schönen Sommerschuhe, die hinten offen sind, es geht nicht, sie rutschen von meinem Fuß ab, Schuhe mit Absätzen geht schon gar nicht mehr, da habe ich auch keinen Halt. Toll, denke ich, als Frau hat man ja gar keine Schuhe im Schrank. Wehmütig packe ich einige Schuhe in Tüten für die Altkleidersammlung und nehme nur festere Freizeitschuhe mit. Auf Kreta habe ich viel Zeit, um einmal Shopping zu gehen, um nach ein paar praktischen Sandalen mit Riemen Ausschau zu halten. Unser Stammtisch ist schon eine Woche früher geflogen, sie haben zwei Wochen Urlaub gebucht. Wir nur eine Woche, wegen unserem alten Kater, aber das hat sich in der Zwischenzeit auch erledigt. Wir kommen mit Heike und Volker nach. Der Flug ist nicht besonders angenehm, aber welcher Flug ist für mich schon angenehm, ich halte schon bei der kleinsten Vibration die Luft an. Nach einigen Turbulenzen in der Luft und einer Busfahrt kommen wir in der Hotelanlage an. Die Hotelanlage ist sehr weitläufig, unser Appartement liegt natürlich am höchsten, in letzter Reihe auf einem steilen Abhang, viele Treppen und steile Wege führen dort hinauf, da ist man schon nass geschwitzt, wenn man nur nach oben blickt, und ich mit meinem Bein bin nicht gerade begeistert. Oben angekommen haben wir aber den schönsten Blick auf das Meer, es ist berauschend und entschädigt mich für die täglichen Strapazen. Ich hätte nur etwas sagen müssen, und schon wäre das hoteleigene Taxi gekommen, das will ich dann aber auch nicht. Frühstück und Abendessen werden in den unteren Räumen serviert. Die vielen Treppen bereiten mir keine Schwierigkeiten, ich lasse mir viel Zeit. Aber das Gehen ist nicht so einfach, vor allen Dingen, wenn es dunkel wird. So kommen wir überall mit dem Taxi nach, wo unsere Freunde zu Fuß hingehen, damit wir abends zusammensitzen können. Das tut mir innerlich sehr weh, dass ich das alles nicht mehr so mitmachen kann wie früher, aber immer lächeln, immer gut drauf bleiben, nur keine Schwächen zeigen. Nach manch einem griechischen Wein bin ich nicht mehr die Einzige mit Beinproblemen, da ist das Taxi auch für die anderen ganz angenehm. Um an den Strand zu gelangen, muss man über eine gut befahrene Bundesstraße. Das ist für mich immer der reinste Horror, der Gedanke, mitten auf der Straße hinzufallen, aber es ist jedes Mal gut gegangen. Der Strand ist wunderschön und sehr breit. Schon wieder habe ich Probleme, es ist für mich äußerst schwierig, über den Sand zu laufen. Als ich ins Wasser gehe, merke ich, wie der Widerstand vom Wasser mit meinem Fuß macht, was er will. Habe keinen richtigen Halt mehr und Gerd nimmt mich an die

Hand, damit ich nicht umfalle. Das geht mir dermaßen auf die Nerven, dass alles, was ich unternehmen möchte, immer mit irgendwelchen Schwierigkeiten verbunden ist. Ständig werde ich unsanft daran erinnert, dass mein Fuß nicht mehr will. Dann kommen auch noch diese mitleidigen Blicke anderer Menschen hinzu. So richtig entspannen kann ich mich nicht in dieser Woche. Trotz all der Probleme ist es aber doch eine sehr schöne Woche auf Kreta, vor allen Dingen mit unseren Freunden.

Wieder daheim, der Termin in der Uniklinik ist da und wir fahren nach Mainz. Hier geht es etwas ruhiger zu als in Heidelberg, wir kommen auch pünktlich zu unserem Termin dran. Diesmal nehme ich Gerd mit rein. Es ist wieder ein junger Arzt, er macht mir aber einen kompetenteren Eindruck, warum, weiß ich auch nicht. Er untersucht meine Reflexe und lässt mich hin- und hergehen. Liest auch den Bericht von Eberstadt. Aber auch der Arzt sagt, dass man da nichts machen kann. Ich frage ihn, so voller Hoffnung, auch keine Operation? Da sagt er Nein. Man kann froh sein, wenn es so bleiben würde. Ob ich denn Kinder hätte und ob es in meiner Familie schon einmal so einen Fall gegeben habe? Das kann ich alles mit einem Nein beantworten. Er fragt mich auch, ob ich in letzter Zeit irgendwo am Körper öfter Muskelzuckungen gehabt hätte. Ich sage Nein, davon habe ich nichts bemerkt. Ich fange an zu weinen, habe mich aber gleich wieder im Griff, denn ich möchte Gerd nicht noch mehr belasten, er sieht schon geschockt genug aus. So langsam fange ich an, das Ausmaß meiner Krankheit zu begreifen. Ich werde nie wieder normal gehen können, nie wieder ausgelassen rumrennen oder einmal tanzen gehen. Mein Verstand weigert sich, will es nicht wahrhaben. Nein, das bin ich nicht, das betrifft mich doch nicht, ich bin doch nur im falschen Film.

Da mittlerweile schon über drei Monate vergangen sind, sagt er, ich solle gleich einen neuen Termin hier in Mainz für eine komplette Untersuchung vereinbaren.

Ende Juni 2003 fliegt unserer Nachbarin ein Kanarienvogel zu, ich kümmere mich nicht darum, habe ja mein Leben lang nur Katzen gehabt. So richtig wollen sie den Vogel auch nicht. Wir lassen ihn durch unsere einmalige Rufanlage im Ort ausrufen. Durch Lautsprecher in unseren Straßen ertönt die Stimme von unserem Ortsvorsteher, dass uns ein Kanarienvogel zu geflogen sei und der Besitzer sich melden solle. Aber es meldet sich keiner. Heike und Volker fahren für drei Tage weg und ich sage O. K., für die drei Tage nehme ich diesen Vogel. Stelle den Käfig auf den Balkon und beobachte den Vogel, er piepst so vor sich hin, schaut mich mit schrägem Kopf so nett an. Ich denke, irgendwie fehlt mir doch so ein Tier, um irgendetwas muss man sich ja kümmern. Meine Intuition sagt mir, dass es ein Weibchen sein muss, und ich taufe sie Cindy. Beschließe, sie zu behalten. Jetzt muss natürlich noch ein Vogel dazu, weil wir ja oft zehn Stunden außer Haus sind. Gerd hat einen Arbeitskollegen, er hat einen sehr jungen Kanarienvogel in Weiß zu Hause, und er sagt, er würde ihn uns schenken, wenn er nicht mehr von der Mutter gefüttert wird. Ich freue mich, taufe ihn schon einmal Bert, obwohl ich ihn noch gar nicht gesehen habe. Cindy und Bert klingt lustig, bin mit meiner Namenswahl sehr zufrieden. Gerds Arbeitskollege bringt uns nach drei Wochen Bert. Bert hat bei der Autofahrt sehr gelitten, es war ein heißer Sommertag. Der Arbeitskollege holt ihn aus seiner Schachtel, setzt ihn auf die Stange im neuen Käfig, Bert fällt sofort herunter und bleibt liegen. Ich denke, mein Gott, der ist tot, das arme Kerlchen hat einen Hitzschlag erlitten, aber nach wenigen Sekunden rappelt Bert sich auf, schaut uns verängstigt aus seinen großen, dunklen Augen an. Er ist nicht gerade der Hübscheste, da er noch sehr jung ist, sieht man nur lange Beine und einen großen Schnabel. Bert verträgt sich sofort gut mit Cindy, schließlich muss man ihm ja eine Chance geben zum Erwachsenwerden. Vielleicht wird Bert doch noch hübsch oder sogar ein richtiger Caruso. Ab jetzt haben wir zwei Piepmätze auf dem Balkon, das Gezeter ist jeden Morgen groß. Ich beobachte die zwei gerne, es ist immer was los im Käfig. Ablenkung tut so unglaublich gut.

Es ist wieder einmal so weit, wir fahren nach Mainz, um den Termin in der Uniklinik wahrzunehmen. Es ist eine Untersuchung mit allen Schikanen, ich habe mehrere Termine an diesem Morgen in verschiedenen Behandlungsräumen. Das ist ein fürchterlicher Morgen, die können einen aber auch quälen. Man sagt mir nur, dass ein ausführlicher Bericht an meinen Neurologen gesandt wird. Könnte aber auch vier Wochen dauern. Und immer wieder warten, warten, warten – und ich kenne den Namen meiner Krankheit immer noch nicht.

Der Sommer verabschiedet sich langsam, die Tage werden wieder kürzer. Mein linker Oberschenkel fängt jetzt auch an, dünner zu werden. Die Krankheit schreitet unerbittlich fort. Heike hat eine kleine Boutique für Kinder- und Damenbekleidung und einmal im Jahr stehen Geli und ich Modell für sie. Die Bilder werden bei unserem großen Fest Ende August auf einem Banner gezeigt. Es ist die Herbstkollektion, ich soll Stiefel anziehen, geht auch in der Wohnung einigermaßen gut, weil der Fuß fest im Stiefel sitzt. Wir fahren mit dem Auto an eine Wiese, dort möchte Heike die Bilder schießen. Geli und ich gehen über die Wiese und ständig knicke ich mit dem linken Fuß um, also muss ich mich auch von meinen Lieblingsstiefeln trennen, die sind noch ganz neu. Ich werde mir Stiefel mit ganz flachen Absätzen kaufen müssen. Habe ja gar keine Stiefel im Schrank. Das größte Fest in unserem Ort steht bevor, das Wetter spielt auch mit, das ist sehr wichtig, denn es findet alles im Freien, auf dem Ortsplatz statt. Da freue ich mich immer ganz besonders drauf, es ist endlich mal wieder richtig was los in unserem Ort. Das Fest geht vier Tage, ist im ganzen Umkreis bekannt. Jeden Abend spielt eine andere Band, wir sind immer dabei bis zum Morgengrauen. Tanzen geht auch nicht mehr so richtig, ich merke immer mehr, was ich nicht mehr kann, das ist ganz schön deprimierend. Ich lasse mir trotz allem den Spaß nicht verderben. Alle, die mich kennen, sind so lieb zu mir, das tut mir richtig gut, es hilft mir sehr. Es sind ausgelassene Tage.

Anfang September 2003 fahren wir mit Bekannten nach Thonberg, das liegt im ehemaligen Osten, dort verbringen wir fünf Tage. Thonberg liegt ziemlich zentral, man kann von hier aus sehr viel unternehmen. Ein Tag in Dresden und am nächsten Tag auf die Bastei, in Bautzen gehen wir ausgiebig einkaufen und in der Nähe ist ein sehr schön gelegener See. Von der Kraft her geht noch alles ganz gut. Ich bin zwar nicht die Schnellste, komme aber noch überall hin. Wir fahren mit dem Auto auch immer so nah wie möglich an die Sehenswürdigkeiten heran. Nach einem Tagesausflug sitzen wir beim Abendessen. Plötzlich geht es los, ich merke, wie auf einmal beide Oberschenkel gleichzeitig anfangen, ein Eigenleben zu führen. Sie sind sehr unruhig, die Muskeln bewegen sich ständig hin und her, ohne dass ich etwas mache, es hört nicht mehr auf. Ich erinnere mich sofort an den Oberarzt aus Mainz, er hatte mich doch nach Muskelzuckungen gefragt. Mir wird sehr komisch zumute, sofort ist sie wieder da, diese Angst.

Wieder daheim, rufe ich gleich beim Neurologen an und frage nach dem Bericht aus Mainz, ja, der Bericht ist da sagt die Arzthelferin zu mir und ich könnte gleich vorbeikommen.

DIE DIAGNOSE

Gerd ist nicht da, er muss arbeiten, und so fahre ich alleine nach Pfungstadt. Auf der Fahrt werde ich immer nervöser, je näher ich nach Pfungstadt komme. Ich habe eine schreckliche Vorahnung. Das Gespräch wird mit Sicherheit nicht gut ausgehen. Heute ist der Tag der Wahrheit.

Sitze dem Neurologen gegenüber, er ist sehr ernst. Ich frage, ob er jetzt endlich wüsste, was ich für eine Krankheit habe, und er sagt, ja. Ich habe einen Verdacht auf Amyotrophe Lateralsklerose, ich kann das Wort gar nicht aussprechen, von so einer Krankheit habe ich noch nie in meinem Leben gehört. Ich frage, und was heißt das jetzt für mich? Der Neurologe wählt seine Worte sehr sorgsam, er sagt, die Krankheit kommt sehr selten vor und sie ist nicht aufzuhalten, sie gilt immer noch als unheilbar. Dass die Ausfallerscheinungen meinen ganzen Körper betreffen werden, wie schnell oder langsam, könne er nicht sagen, und dass man damit keine achtzig Jahre alt wird, er hat noch keinen ALS-Patienten in seiner Praxis gehabt. Er sagt auch, dass ich nicht mehr arbeiten gehen soll, er könne mich ab sofort krankschreiben, wenn ich das möchte. Ich solle mich langsam um meine Rente kümmern. Auch solle ich mir einen Neurologen suchen, der ALS-Patienten behandelt. Da sei ich besser aufgehoben als bei ihm. Nicht, dass er mich nicht als Patientin haben möchte, er denke da mehr an mich. Versuche, meiner Stimme einen festen Klang zu geben, sage nur, dass ich mich auf gar keinen

Fall krankschreiben lasse und dass ich jetzt erst einmal in die Firma fahren werde.

Das war ein Schlag mitten ins Gesicht, das hat gesessen. In diesem Moment nimmt man nichts mehr von der Außenwelt wahr. Ich war wie betäubt, völlig lahm gelegt. Das war der 9.9.2003, der Tag, den ich nie niemals vergessen werde.

Wie ich in die Firma gekommen bin, weiß ich nicht mehr, muss ständig diese blöden Tränen aus meinen Augen wischen. Vor meinem inneren Auge taucht plötzlich diese arme MS-Patientin auf, die ich im Februar kennen gelernt hatte, wie sie dalag in ihrem Bett, völlig hilflos, den Blick starr an die Zimmerdecke gerichtet. Meine Gedanken überschlagen sich. So werde ich nicht enden, so nicht.

Im Büro angekommen, weine ich haltlos, meine Beherrschung ist dahin. Alle nehmen mich in den Arm und sind geschockt. Mein Chef ist sehr besorgt um mich, sagte aber, ich solle den Teufel nicht an die Wand malen, die könnten einem viel erzählen. Sein Schwager müsse auch schon längst tot sein, er habe Krebs und lebe immer noch. Es ist wohl für heute noch nicht genug, jetzt muss ich mir das auch noch geben und gehe in mein Büro, schalte den Computer an und gehe ins Internet. Gebe in die Suchmaschine ALS ein und dann kommen die Seiten, jede Menge Material zu lesen. Was ich da lese, ist noch viel schlimmer, als ich befürchtet hatte. Das hat mir endgültig den Rest für den Tag gegeben. Dass ALS eine unheilbare Krankheit ist, dass die Nervenzellen absterben, dadurch bekommen die Muskeln keine Impulse mehr und bauen sich ab. Die Begleiterscheinung dieser Krankheit ist reges Muskelzucken. Die Lebenserwartung beträgt nach Diagnosestellung 1,4 bis drei Jahre, je nach Krankheitsverlauf, völlige Lähmung am ganzen Körper bis hin zu den Atemwegen, wobei das die häufigste Todesursache ist, dass man nicht mehr die Kraft hat, alleine zu atmen. Ein anderer Artikel beschrieb, dass die Lebenserwartung drei bis fünf Jahre sei, bei zehn Prozent der Patienten auch zehn Jahre. Das Positive an der Krankheit ist, dass man seine Augenlider nach wie vor schließen kann und den Stuhlgang kontrollieren kann und dass man immer klar im Kopf bleibt. Die Krankheit wird auch als „der schleichende Tod" bezeichnet.

Meine Arbeitskollegin Christina ist auch sofort ins Internet gegangen und hat von der Charité in Berlin eine Seite ausgedruckt über neue Therapiestudien und sagt zu mir, dass ich mich da gleich melden soll. Aber im Moment habe ich die Kraft nicht mehr, überhaupt noch irgendetwas zu tun.

Fahre nach Hause, die kurze Strecke kommt mir heute unendlich lang vor. Gerd ist noch nicht da, und immer diese Gedanken in meinem Kopf, sie kreisen und kreisen, hören einfach nicht mehr auf. Wie soll ich das jemals meiner Mutter beibringen? Am besten erst mal gar nicht. Gerd kommt von der Arbeit und sieht sofort, dass was sehr Schlimmes passiert ist. Als ich ihm alles erzählt habe, ist er sehr erschüttert. Er nimmt mich lange in den Arm, wir weinen beide. Gerd sagt, dass wir alles gemeinsam schaffen werden, egal was auch auf uns zukommt. Er lässt mich niemals im Stich. Wir gehen in die Dorfkneipe und ertränken unseren Kummer gemeinsam. Ich muss mich heute so richtig betrinken, sonst ertrage ich es nicht. Ob ich im Leben noch einmal was essen kann, glaube ich im Moment nicht.

DER ALPTRAUM,
AUS DEM MAN NICHT ERWACHT

Ich wache mit dem Gedanken auf, dass meine Uhr jetzt fürchterlich schnell tickt und der Gedanke, dass ich zum absoluten Pflegefall werde, bringt mich bald um, ausgerechnet ich, wo ich immer darauf geachtet habe, nie von jemandem abhängig zu sein, nicht einmal vom Gerd. Ich fahre täglich zur Arbeit, brauche viele Menschen um mich herum, kann keine Sekunde alleine sein, sonst werde ich wahnsinnig. Versuche, meine Gedanken auf die Arbeit zu konzentrieren, was mir nur halbherzig gelingt. Kann diesen Gedankenapparat einfach nicht abschalten. Alle meine Kollegen und Chefs sind ganz, ganz lieb zu mir und ich finde ein wenig Trost.

Gerd und ich fahren zu unserem Hausarzt, um mit ihm über meine Krankheit zu sprechen. Er sagt, dass er im Moment nicht auf dem Laufenden sei. Sein letzter Wissensstand ist, dass er mich im Februar zu einem Neurologen überwiesen hat. Ich berichte ihm, was in der Zwischenzeit alles passiert ist, und lege ihm die Kopie von der Diagnose aus Mainz vor. Er liest den Bericht und sagt, dass die Patientenführung in meinem Fall nicht gerade gut gelaufen sei. Man hätte es mir schonender beibringen müssen. Das mit dem Internet findet er überhaupt nicht gut, da könne ja jeder schreiben, was er wolle. Er hat zwar in seiner 30-jährigen Praxiserfahrung auch noch keinen ALS-Fall gehabt, er glaubt mir nicht recht, und das mit dem Rollstuhl soll ich mal ganz weit wegschieben.

Da ich jetzt endlich eine Diagnose habe, bekomme ich Krankengymnastik, eine stützende Bandage für meinen hängenden Fuß und Tabletten verschrieben, die nur für ALS-Patienten sind. Die Tabletten sind seit fünf Jahren auf dem Markt, vorher gab es gar nichts für die Betroffenen, die Tabletten verlangsamen den Krankheitsverlauf für so ungefähr fünf Monate Lebenserwartung mehr, aber besser als nichts.

Als ich die Bandage abhole und ausprobiere, kann ich wieder wesentlich besser gehen, ich muss jetzt mein Bein nicht mehr so hochheben. Dafür muss ich ab jetzt immer dieses Teil anziehen, es sitzt ziemlich stramm, und wenn ich es abends ausziehe, ist das eine Wohltat. Die Tabletten habe ich bei unserer Apotheke direkt neben unserer Firma bestellt. Da gehe ich öfter einmal rüber, wenn man mal Schmerztabletten benötigt oder etwas gegen Halsweh braucht. Der Apotheker ist ein sehr einfühlsamer Mann, er kümmert sich noch so richtig um seine Kundschaft. Als ich ihm meine Diagnose mitteile, ist auch er sehr erschrocken, druckt mir gleich Material aus über Vitamine und Kreatin, ein Muskelaufbaupräparat. Ich kaufe alles und nehme es regelmäßig ein, ich glaube, ich hätte sogar Heroin genommen, wenn mir einer gesagt hätte, dass es helfen könne. Ja, so langsam, aber sicher gewinnt meine Kämpfernatur wieder die Oberhand. Habe mich auch entschlossen, in dem Verein Deutsche Gesellschaft für Muskelerkrankte Mitglied zu werden. Neugierig rufe ich da auch gleich einmal an. Eine Frau ist am Telefon, ich sage ihr, dass ich die Diagnose Verdacht auf ALS habe, dass ich das seit einer Woche wüsste, dass ich noch voll am Leben teilnehme, arbeiten gehe, noch Auto fahren kann und auch noch recht munter bin. Sie sagt, ich solle sofort aufhören zu arbeiten, mich um einen Logopäden kümmern, die Zeit genießen, die mir noch bleibt, sie hätte da einige Fälle erlebt, die ganz schnell zu Ende gingen, und ich solle doch zur Selbsthilfegruppe nach Frankfurt kommen. Ich lege auf und bin schon wieder ganz verstört, ich sage zu mir, die hat sie doch nicht alle. Da rufe ich mit Sicherheit nicht mehr an. Zu einer Selbsthilfegruppe kann ich noch nicht gehen, ich habe noch keinen ALS-Patienten kennen gelernt, ich will keinen Rollstuhl sehen, das würde mich wahrscheinlich noch mehr runterziehen.

Jeden Morgen wache ich mit dem Gedanken „Tod" auf und gehe auch mit ihm ins Bett. Gerd ist sehr einfühlsam und wir trösten uns gegenseitig. Für die kommenden 14 Tage werde ich voll beansprucht und sehr gut abgelenkt. Wir haben unserer Schwägerin versprochen, wenn sie in Urlaub fliegt, dass wir uns in der Zeit um ihren alten Dackel kümmern werden, 17 Jahre ist der Kerl alt. Sie wohnen auch hier im Ort. Also ziehen wir für 14 Tage um. Morgens kümmere ich mich um meine Vögel und abends nach der Arbeit gehen wir zum Dackel. Jeden Abend bin ich froh, dass der alte Kerl noch lebt. Er schläft manchmal so tief und fest, dass man die Atmung kaum noch sieht. Gehen regelmäßig Gassi mit ihm und verwöhnen ihn ein bisschen. Gerd sagt, wenn der uns jetzt wegstirbt, legen wir ihn in die Tiefkühltruhe und tauen ihn wieder auf, wenn unsere Schwägerin da ist. Seppel hat zwar getrauert, aber wir haben ihn wieder gesund und munter seinen Besitzern übergeben. Diese 14 Tage vergingen wie im

Flug, in dieser Zeit habe ich gar nicht so viel über meine Krankheit nachdenken müssen.

In unserem Ort spricht es sich auch herum, was für eine Krankheit ich habe. Aber die wenigsten von ihnen können sich etwas darunter vorstellen. Viele raten mir auch, dringend zu einem Psychiater zu gehen, so eine Krankheit kann man doch nicht alleine bewältigen. Ich sage, dass ich da ganz bestimmt nicht hingehe, solange ich gute Freunde habe, die zuhören können, muss ich es auch nicht alleine bewältigen. Ich bin ein Mensch, der darüber reden kann, nein, darüber reden muss, so helfe ich mir am besten. Jeder, den ich kenne, aber auch jeder will mir helfen, und ich bekomme Anrufe von Menschen, mit denen ich gar nicht so viel Kontakt habe, sie geben mir Ratschläge und machen mir Mut.

ZU ALLEM ENTSCHLOSSEN

Ich bin bereit, alles zu tun, was nur möglich ist, um meine Krankheit irgendwie aufzuhalten, sende eine E-Mail an die Charité in Berlin, dass ich ALS habe, aber noch arbeiten gehe, dass nur das linke Bein im Moment von der Krankheit betroffen ist. Sie sollen mir doch bitte eine Chance geben, an der Studie teilzunehmen, solange es mir noch so gut geht.

Habe auch noch einmal einen Termin in Mainz in der Uniklinik, ich muss ja auch einmal mit dem Oberarzt persönlich reden, der diesen fürchterlichen Bericht mit dieser Diagnose geschrieben hat. Irgendwie klammere ich mich auch an das Wort VERDACHT auf ALS fest. Der Oberarzt, er hatte mich das erste Mal schon untersucht, ist ein sympathischer Mann, aber gnadenlos ehrlich. Er sagt, ich habe ALS, den Verdacht kann er mir nicht nehmen, und er sagt auch, dass ich an dieser Krankheit sterbe, dass es die Atemwege sein werden, die mir den Tod bringen. Na ja, denke ich, wenn ich morgen von einem LKW überfahren werde, dann werde ich wohl nicht an ALS sterben. Ich war ziemlich gefasst, denn tief in mir drin wusste ich, dass es kein Irrtum ist. Seit ich die Muskelzuckungen in meinen Oberschenkeln habe, die mich nicht zur Ruhe kommen lassen, selbst im Sitzen werde ich an meine Krankheit erinnert. Es ist verdammt schwer, einfach einmal abzuschalten.

Meiner Mutter gebe ich nur ausweichende Antworten, ich komme mir schon vor wie die vielen Ärzte, die mir auch nie etwas gesagt haben. Sie muss mit ihren 75 Jahren nicht so leiden wie ich, denn sie ist eine Mutter und sie würde daran zerbrechen. Die Frage, die sich vielleicht jeder im Leben einmal stellt, WARUM ICH, WARUM AUSGE-RECHNET ICH, verbanne ich aus meinem Kopf, und wenn sie sich wieder einmal einschleicht, kämpfe ich so-fort dagegen an. Sonst müsste ich doch noch zum Psychi-ater, und helfen kann nur ich mir alleine. Ich bin fest ent-schlossen, dass es mir gut geht, und so soll es auch bleiben. Positiv denken und alles mitmachen, was noch möglich ist. Wir gehen noch sehr oft spazieren, nicht mehr ganz so weit, aber immer noch einen großen Bogen um unsere Gemeinde herum, es fällt mir schon sehr schwer und ich bin hinterher geschafft, aber es funktioniert noch.

Es gibt eine Fernsehsendung, die heißt „Gesundheit Mobil", und das Thema ist ALS. Es wurde eine Familie gezeigt, wo der Mann seit sechs Jahren an ALS erkrankt ist, er sitzt im Rollstuhl und kann nur noch seine Finger ein wenig bewegen. Nachts wird er künstlich beatmet. Natürlich schaue ich mir die Sendung an. Ich musste es, es ist ein innerlicher Zwang, der einen dazu treibt. Sage zu mir, das betrifft dich nicht, das ist im Fernsehen, so was passiert mit dir nicht. Ich sitze in meinem Glashaus, das ich mir geschaffen habe, und hoffe, dass es noch lange nicht zerspringt.

Ich denke immer öfter über das Wort Narrenfreiheit nach, habe ich die jetzt, die Narrenfreiheit? Ich glaube schon. Könnte ich jetzt nicht tun und lassen, was ich will? Irgendetwas Verrücktes machen, mir kann doch keiner mehr etwas anhaben. Irgendwie ist das ein erhabenes Gefühl, aber ich kann es nicht genießen. Ich bin immer noch völlig auf meine Arbeit fixiert. Die Firma brauche ich dringend, denn es ist meine große Familie und sie unterstützen mich sehr. Nur Überstunden mache ich keine mehr, baue sogar ein paar Stunden ab und gehe immer pünktlich aus dem Büro. Als Teenager hatte ich einmal ein Pflegepferd und auch Reitstunden gehabt, ich war schon immer ein Pferdenarr gewesen. Aber wie das so oft im Leben ist, gibt man es wegen Zeitmangel auf. Diesen Wunsch erfülle ich mir, wieder Reitstunden zu nehmen. Meine Arbeitskollegin Christina hat noch alles, was man zum Reiten braucht, daheim, sie geht im Moment nicht reiten und gibt mir ein paar Sachen zum Ausprobieren mit nach Hause. Es ist zwar Oktober, nicht gerade die wärmste Zeit, um damit anzufangen, aber die Zeit läuft mir sonst davon, und solange ich irgendwie auf einem Pferd sitzen kann, werde ich regelmäßig reiten gehen. Habe auch einen sehr schönen Reitplatz gefunden und die Reitlehrerin sagt, dass es kein Problem sei, auf das Pferd zu kommen. Steige mit dem rechten Bein auf einen Tritt und dann auf einen Tisch, das Pferd steht nebendran, und so komme ich gut zurecht. Das Pferd wird an der Longe geführt, wir fangen ganz harmlos im Schritt an. Von Woche zu Woche wird es immer besser und meine Reitlehrerin ist sehr zufrieden mit mir. Es macht mir sehr viel Spaß und ich bin glücklich. Erst das Pferd putzen, dann reiten, ich liebe den Geruch von Pferden. Das sind Momente, da vergesse ich für eine kurze Zeit, was ich im Moment durchmache. An meinem Geburtstag, dem 5. November, ich werde 42 Jahre alt, wünsche ich mir, zum

Reiten zu gehen. Gerd kommt mit, schießt ein paar Fotos, es ist ein milder, sonniger Tag. Später fahren wir noch zu meiner Mutter, Kaffee trinken. Wie wir wieder nach Hause kommen, blinkt natürlich der Anrufbeantworter, denn es haben viele angerufen, um mir zu gratulieren, und da ist auch ein Anruf aus Berlin, dass sie am kommenden Mittwoch einen Termin um 14 Uhr für mich eingetragen hätten, ich solle mich bitte melden. Ich denke, das ist ein sehr gutes Omen zu meinem Geburtstag.

Den Termin bestätige ich am nächsten Tag sofort. Rufe meine alte Schulkameradin Sabine an, sie leidet auch seit vielen Jahren an MS, ist so weit fit und auch nie mutlos. Zu Sabine habe ich in der letzten Zeit wieder mehr Kontakt bekommen. Ich erzähle ihr von Berlin, sie fragt spontan, ob sie mitdarf, sie würde mich gerne begleiten. Gerd ist froh, das zu hören, denn alleine hätte er mich nicht fahren lassen, er hat im Moment viel Arbeit in seiner Firma, aber er wäre mitgekommen, gar keine Frage.

Der Mittwoch kommt dann fast zu schnell. Wir fahren um sechs Uhr los, holen Sabine in Pfungstadt ab. Gerd lässt uns am Bahnhof in Darmstadt raus. Das Abenteuer Zugfahrt beginnt. Wann bin ich das letzte Mal Zug gefahren? Mit der Firma, aber da bin ich den anderen nur hinterhergelaufen, das war einfach. Der Zug nach Frankfurt fährt nicht an dem angegebenen Gleis ab. Wir müssen zum Infostand, dort erfahren wir, dass der angegebene Zug wegen Gleisarbeiten nicht fährt und wir auf den nächsten Zug nach Frankfurt warten müssen, den ICE in Frankfurt aber noch erreichen würden. Jetzt haben wir über eine halbe Stunde Zeit und können auch einen Kaffee trinken gehen. Wir kommen gerade noch rechtzeitig in Frankfurt an, um in den ICE nach Berlin zu steigen. Das war knapp! Die Fahrt dauert viereinhalb Stunden. Wir reden die ganze Fahrt über, machen uns Hoffnung. Die Charité ist ein sehr bekanntes Krankenhaus, die Ärzte müssen auf dem neuesten Stand sein, alles wird wieder gut. Die Fahrt vergeht wie im Flug.

In Berlin angekommen, fahren wir gleich mit einem Taxi zur Charité, sind viel zu früh dran, wir wissen ja nicht, wie lange die Taxifahrt dauert. Dort gibt es ein Restaurant und wir essen eine Kleinigkeit. Pünktlich sitzen wir im Wartezimmer, ich war natürlich vorher noch auf der Toilette. Es kommt eine Schwester mit einem Becher in der Hand vorbei und sagt, ich solle Urin abgeben. Das ist dann wirklich schwierig, aber sie meint, es müsse nicht viel sein. Das Ärzteteam, bestehend aus zwei Männern und zwei Frauen, alle sehr nett, aber auch noch jung, stellt sich vor. Ich sage, dass ich gekommen bin, um an der Studie teilnehmen zu dürfen. Gebe ihnen alle meine Berichte in Kopie, sie untersuchen meine Reflexe gleich zweimal, fragen mich, wie viel ich im Moment wiege, ich sage etwas beschämt, dass ich fünf Kilo zugenommen habe seit meiner Diagnose, weil ich so eine Angst hatte, dass die Krankheit meine Mundpartie lahm legt, und da habe ich jeden Tag sehr gut gegessen. Sie lachen und sagen, das sei sehr gut, ich solle auf jeden Fall weiter essen, was mir schmeckt. Sie nehmen mir Blut ab, fragen, ob sie ein bisschen mehr Blut abnehmen dürfen für Forschungszwecke. Ich sage, ja, wenn sie mir noch genug

Blut drinlassen für die Heimfahrt. Wir waren ziemlich locker drauf, haben über alles geredet, und sie waren mir auf Anhieb sehr sympathisch. Sie sagen, dass ich eine sehr starke Frau bin und meinen Humor behalten solle. Dass meine Krankheit vielleicht nicht so rasant verlaufe, weil es im Bein begonnen hat, es gebe auch Fälle, wo die Patienten länger als zehn Jahre gelebt hätten. Für eine Studie in Form von Tabletteneinnahme sei ich noch zu gesund, aber sie seien sehr an mir interessiert, ich solle doch gleich einen neuen Termin für in drei Monaten vereinbaren. Wie wir wieder in einem Taxi sitzen, Richtung Bahnhof, fühle ich mich richtig gut, die Ärzte haben einen wenigstens ein bisschen aufgebaut. Im ICE steigen wir so ein, dass wir gleich am Speisewagen vorbeikommen, vor lauter guter Laune trinken wir einen Piccolo und ich rufe Gerd an, sage ihm, dass ich für die Studie noch zu gesund sei, er klingt auch etwas erleichtert und freut sich mit mir. Um 22.30 Uhr sind wir in Darmstadt angekommen, Gerd holt uns ab. Es war ein langer, aber wichtiger Tag für mich. Den nächsten Tag habe ich mir freigenommen, da kann ich ausschlafen.

Aber die Wirklichkeit lässt nicht lange auf sich warten, von wegen zu gesund. Gerd und ich wollen einen Stadtbummel machen, haben wir schon ewig nicht mehr gemacht. Mit Gerd kann man sehr gut einkaufen gehen, er ist immer so geduldig und es macht ihm auch Spaß. Also fahren wir in die Stadt, parken wie immer im Parkhaus. Da sind schon viele Treppen zu steigen und ich merke, dass mein Bein heute nicht so will wie sonst. Wir haben mit dem Einkaufen noch gar nicht begonnen und mein

Bein ist jetzt schon ziemlich schlapp. Wir kommen in ein großes Kaufhaus, ich bleibe stehen, kann nicht mehr, das ist ein Gefühl, das kann man nicht beschreiben, als ob man sich dermaßen überfordert hat und völlig kraftlos ist. Ich sage leise, komm, lass uns einen Kaffee trinken. AUS, VORBEI. Das war unser Stadtbummel, ich wollte so viel unternehmen, und wieder ein Schlag mitten in meine Seele, ich könnte schreien und nie wieder damit aufhören. Ich bleibe in einem Café sitzen und Gerd macht alle Besorgungen alleine, er ist sehr, sehr traurig. Schweigend fahren wir wieder nach Hause. Seitdem war ich nicht mehr in Darmstadt zum Einkaufen.

Na ja, der Alltag schleicht sich doch schneller wieder ein, als man denkt, ich komme nicht so pünktlich aus dem Büro. Von Woche zu Woche wird es abends immer früher dunkel. So fällt das Reiten öfter einmal aus. Außerdem habe ich abends, nach der Arbeit, zweimal die Woche Krankengymnastik, die mir auch sehr gut tut. Der Physiotherapeut ist immer bester Laune, wir verstehen uns recht gut und wir reden auch absolut offen über meine Krankheit, er meint auch, wie viele, dass ich eine psychologische Unterstützung bräuchte, dass man so etwas nicht alleine bewältigen kann. Lehne es aber strikt ab.

Eine Arbeitskollegin sagt zu mir, ich könne doch auch mal samstags zu ihr kommen, sie habe fünf Pferde, sie würde mich auch an die Longe nehmen. Das finde ich ganz lieb von ihr und fahre gleich samstags hin. Das Pferd heißt Star, ist aus Irland, ein sehr braves Tier. Gerd fährt das erste Mal mit, hilft mir aufs Pferd, es geht ganz gut, das

Pferd ist nicht so groß. Ich muss mich erst an das Pferd gewöhnen, sein Gang ist ein bisschen schneller, als ich es gewohnt bin. Der Samstag ist gerettet, ich darf wiederkommen. Gerd hat ein gestörtes Verhältnis zu Pferden, hat ständig Angst, dass ich runterfallen könnte. Da fahre ich lieber alleine dorthin. Das Einzige, was mir immer mehr Sorgen macht, ist, wenn ich nach dem Reiten wieder nach Hause fahre, es sind so 20 Kilometer, dann ist mein linkes Bein sehr geschwächt und das Kupplungtreten wird immer schwieriger. So langsam kommt der Gedanke, dass ich mir bald ein Auto mit Automatikschaltung zulegen muss. Das heißt für mich, mein momentanes Auto, ein Toyota RAV 4 mit Allradantrieb, zu verkaufen. Es ist mein persönliches Traumauto und ich fahre es für mein Leben gerne, wollte es fahren, bis dass der TÜV uns scheidet. Das stimmt mich wieder einmal traurig, aber ich muss realistisch bleiben. Habe auch Gerd fest versprochen, immer ehrlich zu sein, wenn sich wieder etwas bei mir verschlechtert.

Mein Chef hat schon öfter zu mir gesagt, ich könnte doch im Hof parken, ich sage aber immer wieder, dass mir die paar Schritte immer noch gut tun würden, man muss sich auch noch etwas bewegen. Mache ich ja schon kaum noch. Aber wirklich, von heute auf morgen kann ich nicht mehr ohne große Schwierigkeiten 500 Meter gehen. Nehme das Angebot nun doch an, parke ab sofort mein Auto im Hof. Und wieder ist etwas passiert, was ich noch lange nicht wollte.

Beim Versorgungsamt habe ich mir auch lange Zeit gelassen. Behindertenausweis klingt auch nicht gerade nach etwas, wo man sich drüber freuen könnte. Es ist unglaublich, nach vier Wochen bekomme ich ein Schreiben von über 30 Prozent Behinderung, damit kann ich überhaupt nichts anfangen. Wenn ich damit nicht einverstanden bin, soll ich innerhalb von vier Wochen Widerspruch einlegen. Das habe ich auch sofort getan, denn ich brauche dringend einen Behindertenausweis zum Parken, sonst komme ich nirgends mehr hin.

Gerd sagt, ich solle mir doch einen Gehstock besorgen, da hätte ich doch einen viel besseren Halt. Ich will das alles nicht, ich bin noch zu stolz. Aber es ist alles eine Frage der Zeit, und die Zeit läuft im Moment verdammt schnell.

Mitte Dezember 2003 findet ein kleiner Weihnachtsmarkt in unserem Ort statt, gute 500 Meter von uns zu Hause entfernt. Gerd holt meine Mutter zum Weihnachtsmarkt ab und bringt von ihr einen Gehstock mit. Nur zum Ausprobieren, meint er. Ich gebe mich geschlagen, nehme ihn und ich muss sagen, dass es viel besser damit geht, ich bin jetzt nicht mehr so unsicher. Gerd kauft mir gleich nächste Woche einen Gehstock, aber ich nehme ihn nur mit, wenn wir länger unterwegs sind. Mein Bein wird immer schwächer und das Kupplungtreten fällt mir immer schwerer, nehme manchmal schon meine Hand und drücke das Bein nach unten. Sage es Gerd, habe es ihm ja versprochen, dass ich ehrlich bin, mache aber den Vorschlag, dass ich am Montag sein Auto nehmen könnte, weil ich annahm, dass bei meinem RAV die Kupplung viel schwerer zu treten geht. Gerd sagt, wir können es ausprobieren.

Am nächsten Morgen gehe ich zum Auto, will die Kupplung durchtreten, aber es gelingt mir nicht mehr, habe einfach die Kraft nicht mehr dazu. Rufe in der Firma Geli an, sage, was los ist. Habe schon einen dicken Kloß im Hals, aber Geli auch. Sie kommt sofort und holt mich ab. Sie tröstet mich die Fahrt über, sagt, mit einem Automatikauto könnte ich noch ganz lange Auto fahren, man muss ja mobil bleiben. Ab sofort fahre ich mit Gerd zur Arbeit, bis wir uns für ein anderes Auto entschieden haben. Immer gut drauf, immer lächeln und bloß keinen Tag Schwäche zeigen. Das war ein bisschen viel, was ich letzte Zeit hinnehmen musste. Ich weiß, wenn ich mich einmal so richtig gehen lassen würde, dass ich es nicht mehr schaffen würde, wieder ganz hochzukommen. Wenn ich öfter einmal unter der Dusche weine, dann gestatte ich mir das nur für kurze Zeit.

Es ist kurz vor Weihnachten, die Arbeit hat mich immer noch voll im Griff, was mich auch immer wieder ablenkt. Ich will doch auch nur mein ganz normales Leben leben. Mehr möchte ich doch gar nicht von dieser Welt.

Gerd und ich fahren zum Autohändler, erzählen dem Besitzer von unseren Problemen, er sagt, er hätte das richtige Auto für mich. Ein Toyota Yaris, 5-türig, Automatik, in Mausgrau. Niegelnagelneu. Ich schaue mir das kleine Auto ohne großes Interesse an. Was für ein Auto kann schon nach meinem RAV bestehen. Ich nehme ihn kommentarlos, man muss halt Abstriche im Leben machen, dafür bekomme ich das Auto auch schon Anfang Februar. Jeder würde sich über so ein schönes neues Auto freuen, ich kann es nicht. Damit ist das Thema Auto für mich erledigt.

Silvester verbringen wir mit unserem Stammtisch und ein paar guten Freunden, es ist ein netter Abend, wir essen Raclette, bleiben bis weit nach Mitternacht. Gerd fährt mit dem Auto heim, ist ja im Ort. Auf dem Heimweg sehen wir bei anderen Bekannten noch Licht brennen, hören auch noch ein paar Stimmen. Wir klingeln, werden freudig hereingebeten, hier sitzt auch noch der harte Kern. Bleiben dort bis in die frühen Morgenstunden, mal wieder ausgiebig gefeiert. Ich kann mich aber absolut nicht auf das Jahr 2004 freuen, es kann mir nichts Gutes bringen. Es ist schlimm, wenn man das vorher alles schon weiß.

Gerd geht gleich im neuen Jahr wieder arbeiten, ich habe ein paar Tage Urlaub bekommen. Mittlerweile macht es mir nichts mehr aus, alleine zu Hause zu sein. Ich habe mich gut im Griff. Es ist noch früh am Morgen, ich liege noch im Bett und döse so vor mich hin. Da kommt Heike die Treppe hochgerannt, klingelt hektisch und stammelt nur, dass etwas mit dem Schwiegervater Helmut passiert sei. Der Notarztwagen kommt gleich. Ich bin sofort hellwach, ziehe mich so schnell wie möglich an. Gehe runter zu Erna, sie ist völlig aufgelöst, stammelt immer nur Helmut. Der Notarzt ist bei Helmut in der Küche, sie versuchen ihn zu reanimieren. Ich bleibe bei Erna im Wohnzimmer sitzen, rede ganz leise auf sie ein, dass er es bestimmt schaffen wird, die Ärzte wären ja da. Es wird bestimmt alles wieder gut. Helmut hat es nicht mehr geschafft, er ist tot. Unser Vermieter senior ist im Alter von

73 Jahren ganz plötzlich gestorben. Außer der Diabetes, die er hatte, war er doch noch fit gewesen. Heike ist mit dieser Situation überfordert, aber wer wäre das nicht. Ich glaube, sie war mir sehr dankbar, dass ich unaufgefordert den ganzen Tag bei Erna geblieben bin. Ich war einfach nur anwesend, das hat gelangt. Heute habe ich den Tod ganz nah gespürt. Dass Helmut nicht gelitten hat, ist nur ein kleiner Trost für uns.

Am nächsten Tag hat Gerd Geburtstag, das Feiern ist uns vergangen, denn wir sind noch viel zu betroffen und trauern um unseren Helmut.

DIE UHR TICKT UNERBITTLICH

Mein Gott, es ist ein Jahr vergangen, in dem einen Jahr habe ich ein ganzes Bein verloren. Soll das wirklich langsam sein? Ich weiß ja nicht! Mittlerweile merke ich beim Zähneputzen, dass ich mich immer mehr am Waschbecken festhalten muss, dass ich die Kraft im Rücken nicht mehr habe. Wenn ich von einem Stuhl aufstehe, muss ich mich immer mehr mit den Händen am Tisch abstützen und es wird immer schwieriger, von der Toilette wieder aufzustehen. In meinen Oberarmen zucken die Muskeln auch schon öfter. Also geht es jetzt am Oberkörper weiter. Ohne Stock gehe ich nicht mehr aus dem Haus, er ist jetzt zu meinem ständigen Begleiter geworden. Gerd fährt mich überall mit dem Auto hin, egal wie weit es ist. Treppen werden immer mehr zum Problem. Wer verschwendet schon seine Gedanken an Treppen. Die geht man einfach hoch oder runter, das geht automatisch. Ich aber stehe vor einer Treppe und muss mir Gedanken machen, da geht nichts mehr automatisch. Gehe immer mit dem rechten Bein zuerst die Stufe hoch und ziehe das linke Bein dann nach, das dauert immer ewig. Ich bin schon froh, wenn ein Treppengeländer da ist, dann kann ich noch alleine die Treppen gehen. Ich arbeite in der zweiten Etage, mein Chef sagt, es wäre kein Problem, wenn ich in die erste Etage umziehen würde. Nein, sage ich, das möchte ich noch lange nicht. Er spricht auch das heikle Thema Rollstuhl an, sagt zu mir, dass er, solange ich arbeiten möchte, alles möglich machen würde, um meinen Arbeitsplatz zu erhalten. Das gibt mir ein sicheres Gefühl, sie stehen alle hundertprozentig zu mir.

Wie versprochen bekomme ich Anfang Februar mein neues Auto, Gerd hat meinen RAV schon vor Wochen abgegeben, er stand nur noch da, wurde nicht mehr benutzt. Immer wenn ich ihn sah, war ich traurig, ich konnte ihn ja nicht mehr fahren. Gerd hat ihn alleine zum Autohändler gebracht, ich war nicht dabei, wollte mir das nicht antun. Das neue Auto steht nun vor der Tür, ich mache eine Probefahrt. Mit der Automatik habe ich überhaupt keine Probleme, denn mein linkes Bein reagiert sowieso nicht mehr. Das Auto fährt überraschend gut, hatte immer das Vorurteil, dass Automatikautos nur schleppend in die Gänge kommen, was für ältere Menschen ist. Ab jetzt kann ich wenigstens wieder alleine durch die Gegend düsen. Ich habe wieder ein Stück Selbstständigkeit zurückbekommen. In der Firma sagt jeder, wie schön das neue Auto sei. Es ist ja schön, dass sie mich trösten wollen. Freue mich über meine Unabhängigkeit, das ist das Wichtigste.

Meine Chefin hat einen Termin bei einer Akupunkteurin in Rüsselsheim. Sie hat schon länger Schmerzen in der Schulter und an der Ferse. Sie ist bei verschiedenen Ärzten gewesen, ihr konnte keiner helfen. Natürlich spricht sie dort auch über mich und meine Krankheit. Die Akupunkteurin sagt, dass sie keine Erfahrung mit dieser Krankheit hat und da nichts machen kann. Aber in Sri Lanka gebe es einen Professor, bei dem sie vor vielen Jahren gelernt hat, der würde das schon hinkriegen, er habe schon viele Menschen in seinem Leben geheilt. Meine Chefin fragt gleich, ob ich sie einmal anrufen dürfte, und sie sagt, natürlich, kein Problem.

Meine Chefin kommt zurück und spricht sofort mit mir darüber. Sie sagt, ich solle mich unbedingt mit der Akupunkteurin in Verbindung setzen. Ich zögere nur eine Sekunde, das ist die Sekunde für das Wort Sri Lanka, und sage, ja, das werde ich tun. Ich warte eine Stunde, wähle dann die Telefonnummer und werde auch gleich weiterverbunden. Sie meldet sich, ich sage, wer ich bin und dass sie heute schon mit meiner Chefin über mich gesprochen habe. Sie sagt zu mir, sie würde, wenn sie so eine schlimme Krankheit hätte wie ich, sofort nach Sri Lanka fliegen. Es müsste aber für eine längere Zeit sein, mindestens für drei Monate, das würde viele Leute abschrecken, denen sie es schon empfohlen hat. Ich sage, ohne auch nur eine Sekunde zu überlegen, dass ich das sofort machen würde, weil ich hier in Deutschland Stück für Stück sterbe, dass mir hier keiner mehr helfen kann und dass ich jede, aber auch jede Chance wahrnehmen werde. Sie sagt, sie telefoniere alle zwei Wochen mit dem Professor, würde dann nachfragen, ob ich kommen kann. Ich solle mich in guten zwei Wochen wieder melden. Ich frage, das würden Sie für mich einfach so tun, alles arrangieren? Sie sagt, ich würde mich so entschlossen anhören, da mache sie das gerne für mich. Und schon ist er da, der Funke Hoffnung, irgendein Wunder in einem fernen Land. Gleichzeitig bin ich auch wieder zu realistisch und sage zu mir, Ulla, du bist unheilbar krank, dir kann kein Mensch auf dieser Welt helfen, aber da im Kopf hat es sich schon festgesetzt, dieser eine Funken Hoffnung. Die Gedanken kreisen, wie soll das mit meiner Arbeit gehen, dann muss ich ja auch noch Gerd davon überzeugen, der mehr Heimweh hat als Fernweh. Ich fange an zu träumen.

Abends rede ich mit Gerd über die großen Ereignisse des Tages, was wäre, wenn ich für längere Zeit nach Sri Lanka müsste, er sagt, Schatz, du hast gesagt, du würdest sogar nach China fliegen, wenn dir nur einer helfen könnte, dann fliegen wir eben nach Sri Lanka. Ich bin ganz erstaunt über Gerds Reaktion, denn er muss immer alles genauestens planen, er weiß im Moment nur, dass ich nach Sri Lanka muss. In der Firma spricht sich das auch gleich herum. Meine Chefin und meine Abteilungsleiterin rufen mich zu sich. Wir reden über die ganze Situation, sie wissen, dass ich mir immer viele Gedanken um meine Arbeit mache, dass ich nie jammere und so sehr tapfer bin. Ich soll mir um Himmels willen keine Gedanken um diese drei Monate machen. Es geht hier ganz alleine um mich, nicht um die Firma, wenn die Krankheit nur irgendwie zu stoppen ist. Meine Arbeit würde unter den Mitarbeitern aufgeteilt werden. Wenn ich eine positive Antwort von dem Professor bekäme, solle ich nach Sri Lanka fliegen, unbedingt. Das beruhigt mich sehr, da habe ich schon einmal das wichtigste Problem gelöst. Überstunden und alten Urlaub habe ich genug, dass ich die drei Monate locker überbrücken kann, sodass mein Gehalt weiter überwiesen wird.

Noch ist alles nur ein Traum, ich schüttele den Kopf und denke, es ist so unrealistisch, das kann nicht wahr sein. Ein wenig träumen darf man ja. Ich habe in meinem Leben bisher höchstens drei Wochen Urlaub an einem Stück genommen und in den letzten Jahren eher nur zwei Wochen. Wenn wir in Spanien, Griechenland oder in der Türkei waren, musste mich Gerd jedes Mal überreden, wieder mit nach Hause zu kommen, in warmen Ländern fühle ich mich am wohlsten, auf den Winter kann ich verzichten. Muss wohl in einem früheren Leben in einem heißen Land gelebt haben. Dass ich mehr Fernweh habe als Heimweh, schmerzt mich manchmal sehr. Diese gemischten Gefühle bringen einen manchmal ganz durcheinander, ich kann doch auch nichts dafür, das ist ganz tief in mir drin. Und jetzt sollen es gleich drei Monate sein. Drei lange Monate in einem sehr warmen Land. Das kann man nicht einfach so glauben, so was träumt man nur.

DIE SCHWEIZ

Letztes Jahr hatte mein Chef ein Ski-Event ins Leben gerufen, einige Kollegen und Kolleginnen waren mit von der Partie, sie hatten viel davon erzählt, muss ganz toll gewesen sein. Wäre letztes Jahr beinahe schon mit, als Nichtskifahrer, man kann auch ohne Skifahren die Tage genießen, sich in Sonne setzen, den Bergblick genießen und einfach nur relaxen. Habe es dann aber doch gelassen. Dieses Jahr geht es für fünf Tage in die Schweiz, mein Chef hat in den Bergen ein Chalet gemietet, wir sind neun Skifahrer und zwei Nichtskifahrer, alle freuen sich, dass ich mitkomme, nie den Mut verliere. Das Chalet liegt ziemlich einsam, ist sehr gut eingerichtet und wir haben einen fantastischen Blick auf die Berge. Es ist Anfang Februar, die Sonne hat schon viel Kraft. Teilweise sind die Straßen noch sehr glatt, da brauche ich öfter Hilfe, es macht mir nichts aus, dass ich geholfen bekomme. Es ist so selbstverständlich. Geli und ich sind tagsüber alleine, wir verbringen ruhige Tage, in der Sonne sitzen, lesen, den Bergblick genießen. So einen Blick hat man nicht alle Tage vor seiner Haustür. Das Chalet besitzt auch eine Sauna, das muss man ausnutzen, wir haben uns so richtig ausgeschwitzt und hinterher im Schnee schön abgekühlt. Abends kehren die Skifahrer ein, da ist bei uns sofort Après-Ski angesagt. Die Musik wird aufgedreht und es wird auch schon mal ein kleines Schnäpschen getrunken. Die Stimmung ist einmalig. Das Kochen übernimmt jeder von uns. Abends sitzen wir gemeinsam an einem großen Tisch und haben sehr viel Spaß miteinander, alle sind supergut drauf. Dass ich so was erleben darf! An einem Abend kommt mein Chef zu mir, sagt, er habe eine sehr gute Nachricht für mich, er habe eben gerade mit seiner Frau telefoniert. Die Akupunkteurin habe angerufen, sie habe mit dem Professor gesprochen und er würde mich gerne kennen lernen. Ich kann das gar nicht fassen, rufe Gerd gleich übers Handy an. Es wird wirklich wahr. Da muss ich erst einmal eine Nacht drüber schlafen. Sri Lanka, ich komme, weiß noch gar nicht, wo das überhaupt liegt, für irgendetwas muss unser großer Atlas daheim ja auch gut sein. Ja, die Schweiz ist wunderschön mit ihren weißen Bergen und der einmaligen Landschaft, sie hat mir Glück gebracht. Es war eine ausgelassene Zeit, ohne Gedanken an meine Krankheit zu verschwenden, sorgenfrei nur den Moment genießen.

AUFBRUCHSTIMMUNG

Wieder daheim, gibt es nur noch ein Thema für mich: dass es jetzt ernst wird, dass wir wirklich nach Sri Lanka fliegen werden. Telefoniere noch einmal mit der Akupunkteurin und frage, wann soll ich denn nach Sri Lanka kommen? Sie sagt, wenn ich ihr die Flugnummer durchgebe, wird dort alles für uns arrangiert. Sie gibt mir ein paar Tipps, ich solle, wenn ich dort bin, Deutschland vollkommen vergessen, das sei eine ganz andere Welt und es würde alles etwas chaotisch zugehen, aber mit der Zeit würde man merken, dass doch alles funktioniert. Die Akupunktur dort kostet nichts, es ist ein staatliches Hospital, da ist die Behandlung für jedermann kostenfrei. Die Akupunktur würde jeden Tag ungefähr eine halbe Stunde dauern. Sie würde mich in einem Hotel vom Professor unterbringen, direkt am Palmenstrand, Kostenpunkt 27 Dollar pro Tag. Dass ich in ein fremdes Land fliegen würde, darüber mache ich mir die wenigsten Sorgen, ich kann mich überall sehr gut anpassen. Mittlerweile habe ich den Namen von dem Professor, den Namen vom Hospital und den Ort, wo ich hinfliegen werde, da ich einen Internetanschluss habe, gehe ich ins Internet, gebe den Namen vom Hospital ein, und da erscheint auch schon der Name vom Professor, ich lasse es mir in Deutsch anzeigen. Es sind eineinhalb Seiten nur über den Professor, seine Referenzen, er war schon auf der ganzen Welt, sogar bei der königlichen Familie in England. Ich bin dermaßen beeindruckt, was er schon in seinem Leben alles getan hat. Zeige es auch meiner Chefin am nächsten Tag, sie ist jetzt auch beruhigt, weil sie es ja war, die mich auf Sri Lanka gebracht hat.

Mein Gedanke ist, nur so schnell wie möglich nach Sri Lanka zu kommen, dass ich dort noch einigermaßen gut gehen kann. Wir müssen jetzt alles ganz schnell planen, Gerd kann nur vier Wochen Urlaub nehmen, den Rest müsste er dann unbezahlten Urlaub machen. Er ist sehr betrübt darüber, will mich auf gar keinen Fall alleine lassen. Aber ich sage, dass die Kosten hier in Deutschland auch abgedeckt sein müssen. Ich tröste ihn, sage, dass die ersten vier Wochen die wichtigsten sind, dass wir uns bestimmt bis dahin sehr gut eingelebt haben und ich dann alleine zurechtkommen werde. Es ist ja nicht der Kongo. Unsere Reisepässe sind schon lange abgelaufen, geimpft gegen bestimmte Krankheiten sind wir auch noch nicht, und eine Visa-Karte besitze ich noch nicht. Habe ich ja alles nicht gebraucht, da wir nur in europäischen Ländern unterwegs waren. Rufe eine Bekannte an, die auf der Gemeinde arbeitet, sie sagt, wenn wir ihr Passfotos bringen, kann sie das mit dem Reisepass, für ein Jahr gültig, in zwei Tagen erledigen. Als Nächstes rufe ich die Bank an, dass ich eine Visa-Karte brauche, auch kein Problem, ich soll vorbeikommen, dauert allerdings zehn Tage, bis ich die Geheimnummer habe. Unser Hausarzt sagt uns, was wir für Impfungen brauchen, gehen jeden zweiten Tag zum Impfen. Rufe meine Krankenkasse an und frage, was wäre, wenn ich mir in Sri Lanka ein Bein brechen würde, ob sie die Kosten übernehmen würden. Ich bekomme ein klares Nein. Sie hätten kein Abkommen mit Sri Lanka. Finde ich ganz toll, immerhin bekommt meine Krankenkasse ihre monatlichen Beiträge ja weiterhin. Man muss nur richtig jammern in seinem Leben, um unterstützt zu werden. So ein Typ bin ich aber ganz und gar nicht. Schließe beim ADAC eine private Krankenversicherung ab, für drei Monate. Gehe auch noch einmal zum Friseur, sie wünschen mir auch viel Glück. Alles so weit geregelt, geschafft. Nur noch den Flug buchen. Wir sind nicht gerade die großen Sparer, für wen auch. Mein Chef leiht mir Geld, und so können wir auch den Flug sofort buchen. Abflug ist der 1.3.2004. Von jetzt ab gibt es kein Halten mehr, ich habe nur noch Sri Lanka im Kopf. Hoffentlich kommt bald der 1.März 2004, das ist im Moment mein einziger Funken Hoffnung.

Rufe die Akupunkteurin an, sage, dass ich den Flug gebucht habe und dass mich mein Mann die ersten vier Wochen begleiten wird. Sie sagt, sie faxt die Flugnummer und wann wir dort ankommen werden, nach Sri Lanka durch. Jetzt müssen wir nur noch auf Antwort warten.

Ich habe auch noch in Berlin in der Charité einen Termin, es sind schon wieder drei Monate vergangen. Meine Freundin Sabine hat sich wieder angeboten mitzufahren. Ausgerechnet an diesem Morgen verschlafen wir, hetzen zu Sabine und weiter nach Darmstadt zum Hauptbahnhof. Das war Sekunden-Timing. In Frankfurt steigen wir in den ICE nach Berlin um. Sprechen die Fahrt über nur von Sri Lanka und hoffen beide, dass dort ein Wunder geschieht, das mir hilft. Der Zug ist unglaublich lang, oder meine ich das nur? Auf jeden Fall fällt mir das Gehen schon wesentlich schwerer als beim letzten Mal und ich bin froh, dass wir in ein Taxi steigen. Diesmal ist nur ein Arzt anwesend, er fragt mich, wie es mir in den letzten drei Monate ergangen sei. Ich sage, sehen Sie doch, ich habe einen Gehstock, also hat es sich wieder verschlechtert, und dass ich jetzt ein Automatikauto fahre, dass ich die Treppen nur noch mit einem Bein voran gehen kann und dass mein linkes Bein insgesamt sehr abgenommen hat und schwach geworden ist. Dass ich oft mit der Hand nachgreifen muss, zum Beispiel, wenn ich beim Sitzen mein linkes Bein über das rechte schlagen möchte. Er untersucht meine Reflexe und Muskelkraft, sagt, dass ich bis jetzt im Normalbereich liege, dass ich keinen sehr schnellen Krankheitsverlauf habe. Das beruhigt mich nicht wirklich. Ich erzähle auch von Sri Lanka, dass ich eine Auszeit nehmen werde, dort eine Akupunkturbehandlung bekomme, erzähle aber nicht so viel, weil er mich bestimmt belächeln würde. Deutschlands Ärzte und Akupunktur, das verträgt sich nicht so besonders. Er sagt auch, dass ich an der Studie im Herbst teilnehmen könne. Hoppla, denke ich, doch so plötzlich, ist ihnen wohl ein ALS-Patient weggestorben. Ich solle mich melden, wenn ich wieder von Sri Lanka zurück bin. Das war wieder ein sehr anstrengender Tag für mich, wenn ich bedenke, dass ich vor drei Monaten in Berlin war, da ist mir alles noch lange nicht so schwer gefallen wie dieses Mal. Was wird in drei weiteren Monaten sein?

Es ist Fastnacht, wir lassen uns im Fastnachtstrubel treiben, denken nicht an morgen, schließlich habe ich Fasching das letztes Jahr verpasst. Meine Freunde freuen sich mit mir, dass ich bald nach Sri Lanka fliegen werde

und dann hoffentlich wieder gesund nach Hause zurück-
kehren werde. Sie bewundern mich, dass ich mit so einer
Behinderung diese Reise unternehme und alles so positiv
sehe. Ich sage nur, dass ich es einfach tun muss, sonst
würde ich mir mein ganzes Leben lang vorwerfen, dass
ich diese Chance nicht wahrgenommen habe. Mit dem
Gedanken könnte ich nicht leben.

Von der Akupunkteurin ist ein Fax gekommen, dass in
Sri Lanka alles gebucht und bestätigt ist. Wir werden
vom Flughafen in Colombo abgeholt. An meine Mutter
denke ich wehmütig, sie wird mich genauso vermissen wie
ich sie, mittlerweile hat sie von alleine herausbekommen,
was für eine Krankheit ich habe. Es gibt eine Frau in
Seeheim, die hat ALS, sitzt im Rollstuhl, meine Mutter
hat sich mit ihr getroffen. Wir reden miteinander und
ich sage, dass es bei mir bestimmt viel länger dauert, bis
es so weit kommt. Außerdem glaube ich auch an mich,
dass ich diese Krankheit stoppen kann. Ich fliege ja nicht
in Urlaub nach Sri Lanka, ich werde dort behandelt und
alles wird wieder gut werden.

In der Firma habe ich die letzten Tage großen Stress, muss
meinen Kolleginnen meine Mandate übergeben und es
gibt Fragen über Fragen, so viel habe ich im letzten halben
Jahr nicht geredet. Ich bin abends immer völlig erledigt.
Auf einmal rennt die Zeit unglaublich schnell. Der Abschied in meiner Firma fällt mir sehr schwer, sehe zu, dass
ich nicht noch losheule, das kostet große Anstrengung.
Meine Kolleginnen und Kollegen haben sich zusam-
mengefunden, um mich zu verabschieden, schenken mir

einen Reiseführer von Sri Lanka und eine CD Deutsch-Englisch-Übersetzung für mein Notebook. Das finde ich genial. Darüber habe ich mir überhaupt keine Gedanken gemacht, wie man sich dort verständigt, denn ich habe vor 26 Jahren Englisch in der Schule gehabt und bin auch ohne Englischkenntnisse sehr gut zurechtgekommen, allerdings in Deutschland. Am letzten Abend vor unserer Abreise gehen wir noch einmal in unsere Dorfkneipe, um Abschied zu feiern. Die Kneipe ist voll, viele sind gekommen, um mir Glück zu wünschen, sie würden für mich beten. Ich solle mich so schnell wie möglich melden und ganz viele Postkarten schreiben. Es wird ein richtig schöner Abend, ein bisschen Wehmut kommt auch dazu.

SRI LANKA

Der 1. März ist endlich da, wir fliegen, heute Abend werden wir fliegen. Wir haben ein bisschen länger geschlafen, war doch spät geworden, der gestrige Abend. Jetzt aber Koffer packen, aus dem Reiseführer weiß ich, dass man nur leichte Sachen mitnehmen muss. Es ist das ganze Jahr über um die 32 Grad und die Luftfeuchtigkeit ist recht hoch. Für drei Monate kann man gar nicht packen, da wir fliegen, ist man sehr eingeschränkt mit dem, was man gerne mitnehmen möchte. Ich packe so gut es eben geht, auch jede Menge Bücher nehme ich zum Lesen mit, dort gibt es ja nur englische Bücher. Anschließend fahren wir zu meiner Mutter, um Abschied zu nehmen, mache ihr ganz viel Mut, dass es eine große Chance für mich ist, dass es das Schicksal gut mit mir meint. Der Abschied ist sehr hart für mich, so lange waren wir noch nie getrennt. Als ich noch sehr jung war, haben sich meine Eltern scheiden lassen. Mit meinem Vater habe ich nie wieder Kontakt gehabt. Ich habe ein sehr inniges Verhältnis zu meiner Mutter, sie ist immer für mich da. Ich habe mich sehr gut im Griff, was meine Mutter davon abhält, in Tränen zu versinken. Nachmittags sind wir dann noch bei Heike und Volker auf einen Kaffee und Kuchen eingeladen. Geli und Franz kommen dazu, sie wollen uns zum Flughafen fahren. Alles ist im Auto verstaut, ab jetzt gibt es kein Zurück mehr. Ich schaue mich noch einmal um, so, Ulla jetzt bist du drei lange Monate weg, schau dir alles noch einmal genau an, wer weiß, was in drei Monaten sein wird.

Den Abschied von Heike und Volker auch heil überstanden und ab Richtung Frankfurter Flughafen. Es ist bitterkalt, nur drei Grad plus, wir haben uns warm angezogen. Wer den Frankfurter Flughafen kennt, weiß, wie weitläufig er ist. Für mich schon wieder ein Problem, käme in der Zeit nie alleine zum Flugzeug. Franz sagt, ich könne mich ja auf den Gepäckwagen setzen, und das klappt prima. Wir werden öfter blöd angeschaut, aber da stehe ich mittlerweile drüber. Das Einchecken geht sehr schnell, sind nicht viele Fluggäste unterwegs. Beim Einchecken fragen wir, ob wir Hilfe bekommen können, da ich nicht so weit gehen kann. Die Frau am Schalter sagt, dass wir da vorne, man könne es von hier aus sehen, uns melden sollen, dann werden wir bis vor das Flugzeug gefahren. Sie würden von Frankfurt aus nach Colombo faxen, dass wir dort auch Hilfe bekommen. Wir bedanken uns für die Hilfe. So, jetzt heißt es noch einmal Abschied nehmen. Wir machen es kurz und schmerzlos, denn das Fahrzeug steht schon da, das uns zum Flugzeug bringen wird. Jetzt sind wir auf uns alleine gestellt.

Wir dürfen als Erste ins Flugzeug steigen. Mir ist wieder ganz komisch zumute, ich fliege überhaupt nicht gerne und einen Fensterplatz möchte ich erst recht nicht, aber bis jetzt bin ich immer heil aus einem Flugzeug gestiegen, und so wird es auch dieses Mal sein. Pünktlich um 20 Uhr startet die Maschine, wir heben ab, ich sitze hier im Flugzeug und kann es immer noch nicht glauben, dass ich in elf Stunden in Colombo landen und dort drei Monate verbringen werde. Es ist ein Traum, der Wirklichkeit geworden ist. Der Flug ist für mich so weit in Ordnung, ab und zu ein paar Turbulenzen, aber nicht Besorgnis erregend. Es ist dunkel, wir fliegen durch die Nacht, kann aber keine Sekunde schlafen, dazu bin ich viel zu aufgeregt. An Bord werden wir gut versorgt, die Zeit vergeht schnell, und es wird allmählich heller und heller. Die elf Stunden haben wir schon mal geschafft. Die Stewardess sagt, wir sollen sitzen bleiben, bis wir abgeholt werden. Diesmal sind wir die Letzten im Flugzeug. Wir gehen vorne ans Flugzeug, da ist so etwas wie eine Hebebühne, die an dem Flugzeug angedockt ist, da sollen wir uns reinsetzen. Ein junger Mann im Rollstuhl kommt auch noch dazu, der mit uns heruntergelassen wird. Unten steht schon ein Rollstuhl für mich bereit. Was mir in diesem Augenblick alles durch den Kopf geschossen ist – einfach zu viel. Gerd hat es meinem Blick angesehen, das erste Mal, dass ich in einem Rollstuhl Platz nehmen muss, aber es nützt ja nichts, ich habe keine andere Wahl. Es muss endlich in meinen Kopf hinein, dass ich immer öfter auf Hilfe angewiesen bin. Das Auschecken ging sehr schnell, wir müssen nur unsere Pässe der Begleiterin mitgeben und sind überall die Ersten, das ist dann doch sehr gut. Eine Behinderung kann auch einmal positiv sein.

Am Ausgang haben sich jede Menge Männer aufgereiht mit Namensschildern in der Hand. Ich überfliege die Reihe, und der dritte Mann hält das Schild „Mr. und Mrs. Türke" in der Hand, nichts wie raus aus dem Rollstuhl und mit dem Mann ans Auto. Der Kofferträger will gleich einen Euro von uns. Meine Jacke habe ich gleich ausgezogen, es ist gut warm hier nach der ganzen Aircondition am Flugplatz. Schon sehe ich die ersten Palmen und fühle mich gleich sehr wohl. Wir schwitzen jetzt schon, es ist gerade mal elf Uhr am Morgen. Der Fahrer hält an der Straße und kommt mit zwei Königskokosnüssen zurück, bietet sie uns zum Trinken an, schmeckt eigentümlich, habe aber nur Gutes darüber gelesen, sie sollen gut für die Verdauung sein. Es gibt von Colombo nach Mount Lavinia nur eine große Straße, die Galle Road, sie führt an vielen Stadtteilen vorbei, sie ist brechend voll mit Lkws, Omnibussen, Fahrrädern, Motorrädern, Fußgängern, Kühen, Ziegen, Hunden, Handwagen, Traktoren, großen Taxis, kleinen Taxis, Pkws, Jeeps und vielen, sehr vielen Three-Wheelern, das Verkehrsmittel Nummer eins in Sri Lanka. Faszinierend schaue ich vom Taxi aus auf die Straße, es hupt in einer Tour, die fahren alle auch noch links. Ich behaupte von mir, eine gute Autofahrerin zu sein, aber das, was ich hier sehe, ist schon Kunst.

Nach eineinhalb Stunden Stop-and-Go kommen wir endlich am Hotel an. Es macht einen sehr guten Eindruck, aber natürlich müssen zwei große Stufen am Eingang sein, die ich ohne Gerds Hilfe nicht alleine hochkomme. Wir werden sehr freundlich empfangen, die Koffer werden ins Zimmer gebracht. Wir sind wirklich da, es hat alles wunderbar funktioniert, sogar das mit dem Englisch. Unglaublich. Im Zimmer angekommen, erst einmal meine Bandage ausgezogen, lange hätte ich das nicht mehr ausgehalten. Durch die Hitze ist mein Fuß ein bisschen dicker geworden. Dann duschen, das ist auch nicht so einfach, die Dusche ist recht groß, hat auch keinen großen Absatz zum Einsteigen, aber gar nichts, wo man sich festhalten kann, denn das Bücken fällt mir schon schwer, passe sehr auf, dass ich nicht rutsche. Duschen heißt ab heute, immer ganz vorsichtig sein und keinen falschen Schritt tun. Wir ziehen ganz leichte Kleidung an, ich möchte meine Bandage wieder anziehen, aber mein Bein ist schon wieder geschwitzt und die Bandage rutscht nicht darüber. Gerd hilft mir, ich denke, das kann kein Dauerzustand werden, trotz der Aircondition ist es im Zimmer 30 Grad. Sage zu Gerd, bloß nicht hinlegen, sonst sind wir noch mehr aus dem normalen Rhythmus, sind mittlerweile 27 Stunden wach, bin schlagkaputt und mein Bein funktioniert auch nicht mehr so. Trotzdem reißen wir uns zusammen und gehen an den Strand. Vorher bekommen wir noch ein Kärtchen vom Empfang mit der Adresse vom Hotel und den Hinweis, dass auch ein eigener Pool vorhanden sei. Es sind wirklich nur hundert Meter bis zum Strand, aber es muss ja immer was sein. Um an den Strand zu kommen, muss man über Eisenbahnschienen, keine flachen, nein, es müssen schon schöne alte hohe sein. Gerd nimmt mich an die Hand, wir schauen rechts und links, es kommt kein Zug, also schnell rüber, schnell ist übertrieben. Der Strand ist traumhaft schön und es sind überall Palmen, wo man hinschaut. Das Bootshaus-Café ist ein kleines Restaurant direkt am Strand, gehört auch zum Hotel, wir bestellen einen Kaffee und lassen den Blick wandern. Wenn man am Strand entlang nach links schaut, sieht man das berühmte Mount Lavinia Hotel, und wenn man nach rechts schaut, sieht man in der Ferne Colombo. Ja, es ist ein wunderbares Fleckchen Erde und ich weiß sofort, dass ich mich hier sehr, sehr wohl fühlen werde. Der Kaffee ist sehr dünn, ist Sri-Lanka-Kaffee, werden uns daran gewöhnen. Sitzen im Schatten, genießen den Augenblick.

Am späten Nachmittag gehen wir zurück zum Hotel, wollen nur noch schlafen. Es klopft an der Tür und das Mädchen von der Rezeption erklärt uns, dass der Professor heute Abend in das Hotel kommt, um für uns eine Party zu veranstalten. Um 19 Uhr sollen wir unten am Empfang sein. Bin sofort wieder hellwach, eine Party für uns, das kann doch nicht sein. Was wird uns da erwarten, wie verhält man sich? Ganz ruhig bleiben und einfach abwarten. Pünktlich um 19 Uhr gehen wir runter zum Empfang, es ist noch kein Mensch zu sehen, wir setzen uns in die Empfangshalle und warten auf die Dinge, die da kommen mögen. Es wird 20 Uhr, immer noch nichts, ich denke, hätte ich doch bloß zwei Stunden geschlafen. So langsam kommen die Menschen, alles Einheimische, sagen höflich good evening, es wird voller, eine 4-Mann-Kapelle baut ihre Instrumente auf. Um 20.45 Uhr fängt die Musik an zu spielen, die Tür geht auf, alles steht auf, der Professor kommt herein.

Mein erster Eindruck ist, das ist ein absoluter Guru, genauso, wie man ihn sich vorstellt, mit wilden grauen Haaren, eindrucksvollen dunklen Augen und einem Vollbart. Man muss es selbst erlebt haben, man kann ihn nicht einfach so beschreiben. Es wird Sekt ausgeschenkt und Häppchen werden verteilt, auch kleine geröstete Fische. Der Professor kommt zu uns, er begrüßt uns ganz normal, als ob er uns schon länger kennen würden, und zieht wieder weiter. Mit ihm sind auch einige Kursteilnehmer gekommen, ich sehe hellhäutige Menschen. Wir stehen so eine Weile herum, kommen uns ein bisschen fehl am Platz vor. Plötzlich herrscht Aufbruchstimmung, ich denke, so, das war die Party, ab ins Bett. Ganz falsch, jetzt geht es erst richtig los. Die Menschenmenge bewegt sich langsam auf den Strand zu, die Musiker spielen unterwegs weiter. Dort ist ein großes Buffet aufgebaut. Das erfahre ich so nebenbei von einer deutschen Frau, sie heißt Wilja und macht gerade einen Akupunkturkurs beim Professor. Ich sage, dass ich total fertig bin nach dem langen Flug und dem anstrengenden Tag, dass ich es nicht mehr über die Schienen schaffe. Mein Bein ist völlig am Ende, ich möchte nur noch schlafen. Sie sagt, dass ich unbedingt mitkommen soll, sie hilft mir auch über die Schienen, ich würde wirklich etwas verpassen und es sei sehr wichtig, die ersten Kontakte zu knüpfen. Ich bin überredet, es ist schon 22 Uhr, wir gehen noch einmal zum Strand, Gerd hält mich an der Hand, alleine würde ich das heute nicht mehr schaffen. Mühselig am Strand angekommen, herrscht ausgelassene Stimmung, die Band spielt hier auch weiter. Gerd besorgt mir was zu essen und zu trinken, der Curryreis ist besonders gut, schön scharf, da muss ich mir öfter die Nase putzen. Wir unterhalten uns mit Wilja, bin so froh, eine deutsche Frau getroffen zu haben, das hatte ich wirklich nicht erwartet. Sie sagt, dass sie schon zwei Jahre in Colombo lebt und eine Menge Leute kennt. Sie sei morgen früh im Hospital, wenn wir zwischen 10 Uhr und 11 Uhr kommen, würde sie sich um uns kümmern. Wir sollen aber nicht zu viel erwarten, wir seien hier in Sri Lanka und es sei ein staatliches Krankenhaus, die Hygiene lasse zu wünschen übrig. Sie sagt auch, dass wir jede Art von Schmuck und die Uhr ausziehen müssen, wenn wir zum Professor gehen, das würde die Energie der Nadeln beeinflussen, er würde da sehr darauf achten. Wir unterhalten uns noch sehr gut bis kurz vor Mitternacht. Der Professor geht nach Hause, damit ist die Party zu Ende. Ich muss für heute das letzte Mal über diese Schienen. Was man doch für eine Kraft entwickeln kann, wenn man muss. Im Zimmer angekommen, falle ich in einen komaähnlichen Schlaf. Das war unser erster Tag in Sri Lanka, ein voller Erfolg, hätte mir das nie träumen lassen.

Am nächsten Morgen wachen wir mit Kreuzschmerzen auf, das Bett ist doch gewöhnungsbedürftig, aber nach ein paar Stretchübungen gibt sich das wieder. Wir räumen erst einmal unsere Koffer aus, dazu hatten wir gestern keine Gelegenheit mehr gehabt. Sehe mir das Zimmer im wachen Zustand an. Es ist geräumig, mit einem großen Fenster mit Blick auf Palmen und Bananenstauden. Das Bett ist sehr groß, leider haben wir keinen Balkon. Das Bad ist sehr spartanisch eingerichtet, es gibt keine Ablagemöglichkeit, ist aber alles sauber. Der Hunger kommt, wir möchten frühstücken gehen, fragen an der Rezeption, wo man hier frühstücken kann. Sie sagt, im Bootshaus-Café gibt es immer Frühstück bis 10 Uhr. Wir gehen an den Strand. Heute geht es besser über die Schienen, bin ausgeruht, brauche trotzdem Gerds Hand. Wir bestellen Kaffee, Obst, Omelett und Toast, schmeckt sehr gut, auch der Kaffee. Danach gehen wir wieder Richtung Hotel, wir müssen irgendwie in das Hospital kommen. Vor dem Hotel steht ein Three-Wheeler und der Fahrer winkt uns freudig zu, bin mir aber unsicher und frage lieber an der

Rezeption nach, ob das mit dem Fahrer in Ordnung sei. Sie sagt, ja, so kommen wir zu unserem Fahrer, der mich drei Monate in Sri Lanka herumfahren wird. Der Fahrer weiß, wo das Hospital liegt, und wir steigen ein, los geht es. Wir wohnen in der Beach Road, das ist ungefähr 500 Meter von der Galle Road entfernt, da kann man noch atmen. Aber auf der Galle Road, das ist die Hölle, mir strömen Abgase entgegen, das ist der reinste Wahnsinn. Das hatte ich gestern nicht bemerkt, da sind wir ja Taxi gefahren, die Three-Wheeler sind offene Fahrzeuge und schlängeln sich durch den Verkehr, ab und zu geht es auch mal auf dem Bürgersteig entlang, ist alles ganz normal hier. Aber es macht mir richtig Spaß, mit so einem Gefährt durch die Gegend zu fahren. Schaue rechts und links, und man sieht so viele große und kleine Läden, die verkaufen einfach alles, Obst, Gemüse, Fisch, Keramik, Autoreifen, Getränke, Fotoapparate, T-Shirts, Toilettenschüsseln, Waschbecken, Fahrräder, Plastikschüsseln, es ist alles ein heilloses Durcheinander, und eine Menge Schnellimbissbuden gibt es auch. Man kann gar nicht alles aufzählen. Es sieht für mich auch nicht gerade einladend aus. Gemüsereste, Fischinnereien, Kokosnüsse werden am Randstein entsorgt und Kühe, Katzen und Hunde freuen sich darüber. Aber die Müllabfuhr kommt jeden Tag vorbei. Die Polizei ist allgegenwärtig, mit Maschinenpistolen stehen sie da, beunruhigt mich mehr, als dass es mich beruhigt. Ich sehe auch Bettler auf den Bürgersteigen sitzen.

Nach ungefähr sieben Kilometern, nicht nur auf der Galle Road, wir sind in Nebenstraßen abgebogen, fahren wir ins Hospital, das ist recht groß, der Professor hat eine Abteilung, die nennt sich „Medicina Alternativa". Wir steigen aus, unser Fahrer sagt, er würde auf uns warten. Wir gehen einen schmalen Weg zum Eingang, rechts und links sind ganz viele Stühle und Liegen draußen im Freien, da werden die Patienten behandelt. Ein riesiger Gummibaum steht hier und spendet Schatten, so was Großes, Gigantisches habe ich noch nie gesehen, kenne nur den Gummibaum aus dem Wohnzimmer von meiner Mutter. Die Sonne scheint, es ist sehr warm, bin schon wieder nass geschwitzt, nehme ein Tempo und fahre mir damit über das Gesicht, das Tempo ist schwarz, voller Abgase. Es wimmelt von Menschen, sind bestimmt über hundert, fast alles Einheimische. Ich sehe Wilja mitten im Gewühl, bin so froh, dass ich sie gestern Abend kennen gelernt habe. Ich sage Hallo zu ihr, sie freut sich, dass wir gekommen sind, sagt, wir sollen schon einmal reingehen, sie kommt sofort.

Wir betreten einen Raum, der besteht nur aus Stühlen, und überall sitzen Menschen mit Nadeln am Körper verteilt. Der Professor sitzt in seiner Ecke auf einem Stuhl und die Menschen kommen zu ihm, um sich Nadeln setzen zu lassen. Zwischendurch sehe ich auch ein paar weiße Menschen. Wilja kommt und legt ein Patientenblatt von mir an. Ich werde gewogen, sie fragt, wie alt ich bin, welche Krankheit ich habe, welche Tabletten ich einnehme, und der Blutdruck wird gemessen. Danach geht es zum Professor, ich setze mich auf einen Stuhl vor ihm hin. Wilja sitzt auch dabei. Er sagt, hallo, wie geht es, ich sage gut, erkläre ihm, dass mich die Akupunkteurin aus Deutschland hergeschickt hat, und er erinnert sich wieder an mich, fragt, ob ich Krankenberichte dabeihabe, ich sage, ja, aber im Hotel. Er sagt, ich solle die Berichte heute Abend mit in die Privatklinik bringen, und zu Wilja sagt er, sie solle mich mit Laser behandeln. Wir gehen wieder raus und setzen uns unter den Gummibaum. Ich frage Wilja ganz erstaunt, was das für eine Privatklinik sei. Sie sagt, die Privatklinik gehört dem Professor, dort hält er sich abends immer auf, dort sei die Behandlung auch kostenfrei. Wilja lasert mich, das Ding sieht aus wie eine Taschenlampe mit Rotlicht, sie hält es an mein Bein, sagt, er muss heute irgendetwas mit mir machen, aber er müsse erst den Bericht lesen. Sie sei heute Abend nicht in der Privatklinik, aber es würde sich schon einer um uns kümmern. Finde ich gar nicht gut, ich kenne ja noch niemanden dort. Aber da müssen wir durch, wird schon irgendwie klappen. So unhygienisch, wie Wilja gesagt hat, finde ich das Hospital gar nicht, außerdem bin ich geimpft, denke ich mir. Es rennen ein paar Katzen und Hunde herum, aber ich bin sehr tierlieb und finde das sogar toll.

Unser Fahrer hat gewartet und wir lassen uns zum Hotel fahren, vereinbaren gleich mit dem Fahrer, dass er uns wieder um 18 Uhr am Hotel abholen soll. Wir gehen erst mal ins Zimmer, sind noch müde von dem ganzen Jetlag und die fünf Stunden Zeitverschiebung haben wir auch noch nicht so im Griff, schlafen zwei gute Stunden. Mittlerweile habe ich mich daran erinnert, als ich zum ersten Mal im Orthopädiegeschäft war, hatte ich eine Plastiktüte über dem Fuß, als ich die Bandage anprobiert habe, da ist sie mühelos drübergegangen. Ich probiere es gleich aus und es funktioniert wunderbar. Danach gehen wir an den Strand, ich möchte wenigstens mal direkt am Wasser stehen, wenn ich schon nicht reinkann, denn es sind doch immer Wellen da. Mit gesunden Beinen wäre das kein Problem gewesen, denke ich wehmütig, was habe ich mit Gerd schon für kilometerlange Strandtouren hinter mir. In Spanien, konnte nie genug davon bekommen. Stehe mit Gerd am Wasser, er hält mich an der Hand und wir schauen auf das Meer, diese endlose Weite hat mich schon immer fasziniert. Wir setzen uns in den Schatten, trinken etwas und genießen den Blick über das Meer.

Pünktlich um 18 Uhr steht unser Fahrer vor dem Hotel, er weiß, wo die Privatklinik ist. Fahren wieder auf der Galle Road, schätze, so fünf Kilometer, dann biegt er links ab in eine kleine Straße und nach 300 Metern stehen wir vor der Privatklinik. Wow, denken wir, das ist ein sehr schönes altes Haus mit Rasen und Bäumen davor, ganz vielen Säulen und Balkonen, einfach wunderschön. Draußen zieht man die Schuhe aus. Wir gehen hinein und werden mit leiser Klarinettenmusik empfangen. Innen ist alles gefliest und wie im Hospital alles voller Stühle und Menschen. Wir setzen uns zwischen die Einheimischen, warten einfach mal ab, was passiert. Ich schaue an die Decke und sehe Kristallleuchter, da nisten doch tatsächlich Vögel drin. Der Professor sieht uns, ruft uns gleich zu sich, neben ihm sitzt ein deutscher Kursteilnehmer. Ich gebe dem Professor die Berichte, sage, dass alles in Deutsch geschrieben ist, aber nebendran sitzt ja ein deutscher Mann, der den Bericht ins Englische übersetzen kann, was er auch macht. Der Professor traut den deutschen Ärzten nicht, sagt, dass wir erst einmal einen Termin in einem Hospital in Colombo zu einer Untersuchung machen müssen. Als Nächstes muss ich mir Nadeln kaufen, sind sehr billig hier, dann werde ich zum ersten Mal akupunktiert. Die erste Nadel kommt mitten auf den Kopf und weitere sieben Nadeln in mein linkes Bein, in die Muskelpunkte. Ich denke, damit kann man leben, ist doch gar nicht so schlimm. Setze mich auf einen Stuhl für eine halbe Stunde und mache Atemübungen, die ich von Wilja gelernt habe. Später soll ich noch Krankengymnastik bekommen. Das ist eine Treppe höher, da stehen Liegen, und der deutsche Kursteilnehmer, er heißt Heiner, hat Physiotherapeut gelernt, ist schon zwei Monate hier. Auch da habe ich unwahrscheinliches Glück.

Nach insgesamt zwei Stunden in der Klinik fahren wir zurück ins Hotel, gehen anschließend zum Abendessen an den Strand, die Tische sind gut besetzt, aber ausschließlich von Einheimischen. Bestellen uns was zu essen, die Wellen rauschen und es ist sternenklar. Was braucht man mehr zum Leben. Mache mein Handy an, habe jede Menge SMS von Deutschland, schön, dass sie an uns denken.

Am nächsten Morgen haben wir lange geschlafen, haben noch keinen Hunger, da wir ja spät zu Abend gegessen haben, es ist halt alles anders hier. Fahren wieder ins Hospital, werden schon begrüßt von einem Kursteilnehmer aus Schottland, es spricht sich schon herum, was für eine Krankheit ich habe. Wir sitzen wieder zwischen den Einheimischen. Doch diesmal hat der Professor alle seine Doktors (sind die Kursteilnehmer), aber es sind auch echte Doktoren dabei, zusammengerufen und sie nehmen gemeinsam einige Patienten durch. Der Professor sieht mich, ruft mich gleich zu sich. Er sagt, dass ich extra aus Deutschland gekommen sei, um mich behandeln zu lassen, und was für eine Krankheit ich habe, so, jetzt weiß es wirklich jeder. Ich bekomme wieder meine Nadeln gesetzt, das dauert wieder eine halbe Stunde, und ich frage, ob ich auch wieder in die Abendklinik kommen soll. Er sagt, ja, jeden Tag, morgens und abends, ich denke noch, dass ich doch für heute schon genug Nadeln bekommen habe, aber ich bin hier nicht, um Urlaub zu machen, sondern damit mir geholfen wird. Ich mache alles mit, was er sagt, er ist hier mein Guru. Der Nebeneffekt Strand ist nur eine wunderbare Zugabe.

Mittags gehen wir an den Pool, es ist in der Woche und der Pool ist menschenleer. Wir bestellen uns eine Kleinigkeit zu essen, ich möchte gerne ins Wasser, gehe an die Trittstufen, versuche Halt zu finden, aber es geht nicht, ich rutsche mit dem linken Fuß einfach ab. Frustriert setze ich mich wieder hin, schaue mir den Pool von außen an. Ein Bettler streckt seine Hand an der Mauer vom Pool aus und sagt immer wieder, Madam please, Madam please. Um ihn am schnellsten wieder loszuwerden, geben wir ihm ein paar Rupien, dann sind sie für eine Weile zufrieden. Unser Fahrer steht wieder pünktlich um 18 Uhr am Hotel, kein Wunder, Gerd hat ihm von Anfang an zu viel Geld gegeben, aber er ist ein sehr guter Fahrer, er ist hier geboren, kennt jede Ecke hier. Wir brauchen jemanden, der absolut zuverlässig ist, er ist der richtige Mann. Wieder geht es in die Privatklinik, diesmal bekomme ich die Nadeln, aber nur für zehn Minuten, und anschließend wieder zu Heiner nach oben. Bekomme Krankengymnastik und frage Heiner, wie das hier so läuft. Er sagt mir, dass der Kurs normalerweise über einen Monat geht, dass die Kursteilnehmer im Hotel vom Professor übernachten müssen und dass man nach einem Monat dann ein Zertifikat bekommt. Das gilt aber nur für Ausländer, die einheimischen Kursteilnehmer müssen ein halbes Jahr den Kurs belegen. Heiner ist schon zwei Monate hier, wohnt auch nicht im Hotel, Ausnahmen bestätigen die Regel. Er bleibt noch einen Monat, dann möchte er wieder nach Indien zurück für ein Jahr, da hat er ein kleines Projekt ins Leben gerufen, er hilft Kindern, die an Polio erkrankt sind. Ich bin beeindruckt, dass es noch so selbstlose Menschen gibt, ich finde ihn auch sehr sympathisch, wir haben gleich ein gutes Verhältnis. Nach der Klinik gehen wir wieder an den Strand zum Abendessen, es ist so schön hier, abends mit den Füßen im Sand zu sitzen. Ich komme zu Fuß hin, wir brauchen keinen Fahrer, ein weiteres Restaurant haben wir noch nicht in Sicht.

Am nächsten Morgen gehen wir wieder nicht frühstücken, fahren gleich ins Hospital, werden mittlerweile von jedem gegrüßt und es wird gefragt, wie es einem geht, sie sind alle richtig nett hier. Bekomme meine Nadeln und der Professor sagt, dass Gerd heute Abend, bevor wir zur Abendklinik kommen, mit Audrey, der Schottin, nach Colombo fahren soll, um dort einen Termin für mich zu vereinbaren. Mittags gehen wir wieder an den Pool, man sitzt sehr schön, kann auch von hier auf das Meer schauen, aber ich kann nirgends ins Wasser, das ist doch wirklich ein Witz, so viel Wasser um mich herum und ich kann mich nicht abkühlen. Habe wieder jede Menge SMS von Deutschland, wie kalt es dort ist. Ich sitze hier und schwitze, kann mir schon gar nicht mehr vorstellen, wie kalt es sein kann. Audrey kommt ans Hotel und wir fahren zu dritt in die Abendklinik. Sie spricht in einer Tour mit uns, aber wir verstehen nur die Hälfte, mein Englisch lässt doch sehr zu wünschen übrig. Außerdem spricht sie richtig Englisch, die sri-lankische Bevölkerung spricht ein ganz anderes Englisch, das haben die auch mal lernen müssen, die verstehe ich schon viel besser. Aber von Tag zu Tag werde ich mutiger mit der Aussprache und ich höre den ganzen Tag nur Englisch, ich lerne jeden Tag neue Wörter dazu. An der Abendklinik angekommen, werde ich abgesetzt und ein Patient steigt dazu, sie fahren nach Colombo. Ich bekomme wieder meine Nadeln und Krankengymnastik. Gerd kommt zurück, wir haben nächsten Donnerstag einen Termin. Fahren zurück zum Hotel und gehen wieder an den Strand zum Abendessen.

Morgens Hospital und abends Privatklinik. Von wegen jeden Tag nur eine halbe Stunde Behandlung, so bleiben mittags nur ein paar Stunden für Strand oder Pool. Viel kann man in dieser Zeit nicht unternehmen, und außerdem brauche ich überall einen Fahrer. Ich fühle mich sehr wohl, es ist vor allen Dingen die Wärme. Deutschland ist schon in weite Ferne gerückt. Der ganze Stress lässt langsam nach, meine Beine sind auch ruhiger geworden.

Obwohl ich jeden Tag genadelt werde, habe ich ein wenig Abstand zu meiner Krankheit bekommen, auf einmal ist sie nicht mehr so lebensbedrohlich. Ich bin sicher, dass ich meine Krankheit besiegen werde.

Samstags ist der Professor auch morgens im Hospital, nur in der Abendklinik nicht, da ist er vier Häuser weiter, da steht sein Privathaus. Da soll ich abends hinkommen, auch so ein Prachtexemplar von einem Haus. Draußen sitzen ein paar Einheimische. Ein Mann kommt und zeigt uns, wo wir die Schuhe ausziehen können. Es geht eine Treppe höher, und da sitzt der Professor, er begrüßt uns, setzt mir die Nadeln für zehn Minuten, sagt, ich solle anschließend in die Abendklinik zu Heiner gehen, und morgen, am Sonntag, solle ich abends zu ihm hierher kommen. Hat der Professor denn nie Feierabend? Er ist 73 Jahre alt und immer für jeden da, das gibt es doch nicht. Was für ein unglaublicher Mann!

Sonntagmorgen gehen wir als Erstes an die Rezeption, wir wollen für einen Monat die Rechnung bezahlen. Das Mädchen gibt sie mir und darauf steht Doppelzimmer inklusive Frühstück. Ich sage, wir waren doch nur zweimal frühstücken bis jetzt. Sie sagt, dass die Zimmer immer mit Frühstück sind. So, das wissen wir jetzt auch und gehen auch gleich frühstücken. Wir haben viel Zeit heute Morgen, bleiben sitzen und sehen dem Treiben zu. Es kommen immer mehr Einheimische an den Strand, wir sind Anlaufstelle Nummer eins für alle möglichen Dinge, die am Strand verkauft werden, kein Wunder, denn weit und breit sind wir die einzigen Weißen am

Strand. Habe meinen Bikini angezogen, denn wenn wir schon am Strand frühstücken, können wir uns auch noch ein bisschen ans Wasser legen. Die Einheimischen, die am Strand spazieren gehen, schauen uns an, manche sind sogar stehen geblieben, als ob sie noch nie Weiße gesehen haben. Mir ist das sehr unangenehm, ich sage zu Gerd, ab morgen erscheine ich nur noch im Badeanzug. Nach zwei Stunden sind wir dann auch gut durchgebraten, gehen wieder in unser Hotelzimmer.

Ich habe heute Morgen mein Handy an das Aufladegerät angeschlossen. Als ich es wieder in Betrieb nehmen möchte, steht in meinem Display geschrieben „PUK-Nr. eingeben". Das darf doch nicht wahr sein, verdammt, da hat doch irgendwer beim Zimmersaubermachen an meinem Handy rumgespielt. PUK-Nr. – ja, so vor sechs Jahren habe ich so etwas zugeschickt bekommen und ordentlich irgendwo abgelegt. So was nimmt man doch nicht auf Reisen mit. Die Nummer habe ich bis jetzt nie gebraucht. Das Handy ist meine einzige Verbindung nach Deutschland. Telefonieren ist viel zu teuer. Was tun? Gerd ist erst einmal zur Rezeption gegangen und hat seinem Ärger Luft gemacht, aber das nützt nichts, die an der Rezeption können nichts dafür. Was sollen die denn auch machen. Ein Glück, dass Gerd auch sein Handy dabeihat. So schicke ich gleich eine SMS an Geli, dass hier Notstand herrscht, sie soll doch Heike bitten, bei uns im Wohnzimmer, rechter Schrank, dritte Schublade von oben öffnen und den Ordner durchforsten nach T-Mobile-Unterlagen. Nach drei Stunden kommt eine SMS von Heike mit einer Nummer, ich gebe sie gleich ins Handy ein, aber mein Handy gibt nur einen eindringlichen Ton von sich und fragt immer noch nach der PUK-Nr. Also noch eine SMS geschickt, dass die PUK-Nr. wahrscheinlich zu Gerds Handy gehört, dass meine Unterlagen untendrunter sein müssen, weil Gerd sein Handy noch nicht so lange hat. SMS kommt ziemlich bald zurück mit dem Hinweis, letzter Versuch und eine neue Nummer. Probiere, diese Nummer einzugeben, und es funktioniert. Mann, bin ich froh! Es ist nicht so einfach, über Tausende von Kilometern jemanden loszuschicken, um ein Blatt Papier in einem fremden Wohnzimmer zu finden. Dass das an einem Tag geklappt hat, fand ich unglaublich toll. Ich habe doch ein Superteam zu Hause. Ab sofort werde ich mein Handy nur noch nachts aufladen.

Um 18 Uhr fahren wir zum Professor in sein Privathaus. Da wir gestern schon einmal da waren, gehen wir auch gleich hoch. Der Professor sitzt wieder auf seinem Stuhl, einige Männer sitzen um ihn herum, es herrscht geschäftiges Treiben. Er begrüßt uns, bietet uns einen Tee an, ich bekomme meine Nadeln gesetzt für eine halbe Stunde. Ansonsten sind wenig Menschen hier, wir gehen auch gleich wieder.

Unser Hotel besteht aus zwei Seiten, auf der anderen Straßenseite sind auch Zimmer und ein Schild „Dachterrasse" hängt außen dran. Wir beschließen, heute dort zu essen. Wir gehen in das Hotel rein, da gibt es keine Rezeption, nur eine Halle, sie ist menschenleer. Wir gehen weiter durch eine Tür und Treppen aufwärts, die Treppen nehmen kein Ende. Als ich dann im vierten

Stock angekommen bin, schon etwas feucht unter den Achselhöhlen, denke ich noch einmal über das Wort „Dachterrasse" nach. Wir sind ganz alleine, es sind keine Gäste hier, die Menükarte ist die Gleiche wie am Strand, aber wir haben die Karte ja noch nicht ganz durch. Über die Dächer zu schauen ist einmal eine Abwechslung, aber es ist zu dunkel, um viel zu erkennen. Essen und trinken etwas, bleiben nicht so lange sitzen. Der Strand und das Meer haben doch eine ganz andere Anziehungskraft auf mich.

Am nächsten Morgen gehen wir frühstücken, das machen wir ab jetzt regelmäßig, wir stehen früher auf, haben uns an die feuchtheiße Luft und die Zeitumstellung gewöhnt. Sind morgens nicht mehr ganz so müde. Danach geht es ins Hospital, ich bekomme meine Nadeln und der Professor sagt zu uns, dass er morgen wieder eine Party gibt, und wir sollen auch kommen. Wir bedanken uns für die Einladung. Schon wieder eine Party, das bereitet dem Professor wohl sehr viel Vergnügen.

Unseren Fahrer fragen wir, wo man einkaufen kann, denn unser Kühlschrank ist leer. Er fährt uns zu einem ganz modernen Supermarkt, dort gibt es eine gute Auswahl an Lebensmitteln und Getränken. Aufschnitt gibt es natürlich nicht. Wir finden aber Würstchen aus Hühnerfleisch und kaufen Toast, was anderes außer Toast sehe ich leider nicht. Wir wollen abends auch mal daheim bleiben, ich kann nicht drei Monate lang immer nur essen gehen, irgendwann schmeckt einem dann gar nichts mehr.

Mittags gehen wir an den Pool, er ist wieder menschenleer. Meine Gedanken nagen weiter an mir, ich will ins Wasser, ich will mir hier keine drei Monate den Pool nur von außen ansehen müssen. Wir probieren es an einer Stelle, wo im Pool ein Absatz ist, da können Kinder drin stehen. Es ist keiner hier und ich kann mich nicht blamieren. Setze mich auf den Boden neben dem Pool, schiebe mein linkes Bein hinein, das rechte folgt automatisch, dann lasse ich mich hineingleiten. Endlich bin ich im Wasser, das ist ein schönes Gefühl, und ich schwimme viele Runden, das geht noch prima, im Wasser kann ich mein linkes Bein noch gut Bewegen. Schwimme wieder an den Absatz, Gerd will mir sofort helfen, ich sage Nein, ich muss das alleine schaffen, schließlich bin ich irgendwann alleine hier und möchte auch ins Wasser. Setze mich wieder auf den Beckenrand, hieve mein linkes Bein raus und mit dem rechten Bein richte ich mich ganz langsam auf. Es hat geklappt, ganz alleine, ich bin glücklich. Ab jetzt freue ich mich noch viel mehr auf den Pool.

In der Abendklinik sitzen wieder eine Menge Menschen um den Professor herum, ein deutscher Heilpraktiker ist da, der sitzt schon die ganze letzte Woche bei ihm, schaut dem Professor beim Akupunktieren zu. Ein englischer Professor ist auch gekommen, und als ich an der Reihe bin, sprechen sie über mich. Der englische Professor untersucht auch meine Reflexe und meint, er sei sich auch nicht sicher, ob das die Krankheit sei, man solle erst einmal den Bericht von der Klinik in Colombo abwarten. Heiner erzähle ich ganz stolz, dass ich einen Weg gefunden habe, um in den Pool zu gelangen, denn Heiner wollte schon vorbeikommen, um mir zu helfen. Zum Abendessen bleiben wir daheim, essen unsere Würstchen mit Toast auf dem Bett und schauen englisches Fernsehprogramm. Bekomme wieder eine Menge SMS aus Deutschland, ich werde täglich über das Neueste informiert, was in unserem Ort und in der Firma in meiner Abwesenheit alles passiert. Ich bin immer wieder fasziniert, dass man mit so einem kleinen Handy so gut kommunizieren kann über so viele Tausende von Kilometern hinweg.

Auch hier in Sri Lanka kehrt so eine Art Alltag ein, man hat seine festen Zeiten im Hospital, wir werden auch schon von einigen einheimischen Patienten gegrüßt, man hält ein Schwätzchen mit den Kursteilnehmern, es läuft im Moment alles bestens, ich fühle mich wohl, mein Bein ist unverändert, das ist für mich das Wichtigste. Wir gehen regelmäßig schwimmen an den Pool. Die Party vom Professor ist auch wieder sehr schön, es gibt wieder viele Kleinigkeiten zu essen am Empfang und anschließend geht es weiter an den Strand. Mittlerweile kennen wir einige der Partygäste, es sind Patienten, Kursteilnehmer, Doktoren und Professoren aus allen Ländern dieser Welt. Wilja erzählt uns, dass es hier in der Nähe ein deutsches Restaurant gibt, das Old Frankfurt heißt, der Besitzer schon älter sei, sein Sohn stehe in der Küche und die sei sehr gut. Das klingt in meinen Ohren wie Musik. Deutsche Küche. Ich muss zu meiner Schande gestehen, dass ich im Ausland schon immer Schwierigkeiten mit dem Essen hatte, ich bin einfach überempfindlich. Freue mich schon auf den nächsten Abend.

Unser Fahrer weiß, wo das Old Frankfurt ist, wir lassen uns nach der Abendklinik hinfahren. Es ist ein sehr schönes altes Restaurant, man kann draußen sitzen oder über eine Brücke ins Innere gehen. Selbst die Kellner sprechen ganz gut Deutsch, wir bekommen die Speisekarte vorgelegt, klingt viel versprechend. Das Essen ist wirklich gut, man hätte nicht meinen können, dass wir in Sri Lanka essen. Der Besitzer kommt zu uns an den Tisch, fragt natürlich, was ich für Probleme mit meinem Bein habe, denn es ist ja immer offensichtlich, dass ich nicht richtig gehen kann. Wir unterhalten uns, auch über den Professor, dass ich hier zur Behandlung bin für insgesamt drei Monate und dass wir bestimmt öfter vorbeikommen werden. Unseren Fahrer hatten wir für 22.30 Uhr bestellt. Das Old Frankfurt ist keine zehn Minuten von unserem Hotel entfernt, es geht um drei Ecken, und schon ist man mit dem Three-Wheeler da. Für mich zu Fuß undenkbar.

Wilja hat mich zu einem deutschen Frauenabend eingeladen, wir lassen uns direkt von der Privatklinik von einem Taxi abholen. Gerd fährt mit unserem Fahrer ans Hotel, er geht später zum Strand essen. Wir fahren zu einem chinesischen Restaurant nach Colombo, dort warten schon sechs Frauen auf uns, wir setzen uns dazu. Das Essen wird ausgewählt, alles vegetarische Kleinigkeiten. Es wird sich sehr lebhaft unterhalten, so erfahre ich an diesem Abend viele interessante Möglichkeiten, hier zu leben. Alle diese Frauen leben schon über Jahre hier in Colombo und fühlen sich wohl. Sie treffen sich alle paar Monate zu einem Frauenabend. Das war doch mal ein netter Abend mit etwas Abwechslung. Sie würden sich freuen, mich wiederzusehen.

Danach fahre ich dann alleine mit dem Taxi heim, die Aircondition ist im Taxi wahrscheinlich auf extrakalt eingestellt, denn als ich aussteige, sind meine Brillengläser angelaufen, ich bin im ersten Moment völlig blind. An der Rezeption ist so spät niemand zu sehen, und so hangele ich mich mühselig am Rand vom Hoteleingang hoch, um die Treppenstufen zu übergehen. Gerd schläft schon fest, muss ein paarmal an die Tür klopfen, bis er aufmacht. Gerd erzählt mir, dass er alleine am Tisch gesessen hat heute Abend, ein Singhalese sei gekommen und habe Gerd gefragt, ob er sich für fünf Minuten zu ihm setzen dürfe, habe seine Visitenkarte vor ihm hingelegt und gefragt, ob er aus Deutschland sei. Gerd sagte, ja, was er von ihm wolle, und der Singhalese sagte, dann hast du auch Geld, gib mir etwas von deinem Geld. Der Oberkellner verfolgte das Gespräch und fragte, ob Gerd Probleme hätte. Gerd sagte, ja, und der Oberkellner verscheuchte den Singhalesen mit ein paar lauten unverständlichen Worten, sagte auch zu Gerd, dass man hier am Strand aufpassen müsse, mit wem man sich einlässt. Der Strand sei die Anlaufstelle für viele kriminelle Machenschaften.

Der Termin in Colombo steht an, Audrey ist so nett und begleitet uns in die Klinik. Das finde ich sehr lieb von ihr, schon alleine wegen des Englischen, ich würde nur einen Bruchteil von dem verstehen, was der Arzt sagt. So kann sie später dem Professor alles genauestens berichten. Dort angekommen, müssen wir erst einmal bezahlen, es ist für Ausländer doppelt so teuer wie für Einheimische und doch kein Vergleich mit Deutschland. Wir kommen auch gleich dran, ich werde untersucht, bekomme wie in Deutschland auch hier Nadeln in die Waden und Oberarme zum Messen, der Arzt spricht mit Audrey und gibt ihr einen Bericht von einer Seite mit. Danach fahren wir in die Privatklinik, Audrey spricht mit dem Professor, Heiner ist auch dabei. Ich frage ihn später, was dabei rausgekommen ist. Er sagt, so viel würde in dem Bericht nicht stehen, lediglich, dass mein linkes Bein nur noch wenig Reaktionen zeigen würde und mein rechtes Bein noch alle Funktion hätte, dass der Verdacht auf ALS gegeben ist. Heiner sagt auch, dass der Professor ihn angewiesen hat, mir in 14 Tagen die Nadeln an den Stimulator anzuschließen. Heiner sagt, er fängt schon morgen damit an, warum denn 14 Tage warten.

Am nächsten Tag werden wir von unserem Fahrer nach Hause eingeladen. Er wohnt nicht weit vom Hotel entfernt, es ist eine Art Wohnsiedlung, die Wohnungen hängen alle irgendwie zusammen, man sieht nicht wo eine aufhört und die andere Wohnung wieder anfängt. Die Zimmer haben die Größe einer Garage. Fließendes Wasser gibt es an einer Sammelstelle, da wird sich auch gewaschen. Toiletten sehe ich nirgends. Er bringt uns eine Cola, schließt einen alten rostigen Ventilator an, seine zwei Jungs kommen und schauen uns neugierig an, sie lernen schon Englisch in der Schule, seine Frau kommt auch und begrüßt uns, sie spricht nur Singhalesisch. Wir sitzen da, trinken unsere Cola versuchen uns ein bisschen in Smalltalk, ständig schaut jemand in die offene Tür hinein. Ich denke, er wollte mit uns seine Nachbarn beeindrucken.

Danach fährt er uns in die Privatklinik. Bekomme beim Professor meine Nadeln für zehn Minuten und dann hoch zu Heiner. Heiner setzt mir jetzt auch noch Nadeln, steckt sie aber tiefer in die Haut, manche Nadeln sind schon recht unangenehm, dann schließt er die Nadeln am Strom an, ich muss ihm sagen, wenn ich genug Strom spüre. Die Nadeln bleiben eine halbe Stunde im Körper. Danach bekomme ich auch wieder Krankengymnastik. So langsam werde ich zur meistakupunktierten Frau von Sri Lanka, denke ich, keiner hier bekommt so viele Nadeln gesetzt wie ich. Aber Hauptsache, es hilft mir. Ich bekomme eine SMS von Harald, er ist ein sehr guter Freund von Gerd. Er möchte die Telefonnummer vom Hotel haben, damit er uns einmal anrufen kann. Schicke ihm gleich eine SMS mit unserer Telefon- und Zimmernummer.

Die dritte Woche ist schon angebrochen. Wir gehen wie jeden Morgen zum Strand, lassen uns immer ein Tisch draußen vor dem Bootshaus hinstellen, um zu frühstücken. Ein junger Mann sitzt drin und frühstückt, wir sagen Hallo und er antwortet in Deutsch. Schön, eine deutsche Stimme zu hören, sage ich und wir unterhalten uns gleich. Er sagt, sein Name sei Jörn, er sei heute Morgen aus Indien gekommen und wolle hier an einem Akupunkturkurs teilnehmen. Das trifft sich gut, sage ich, ich könnte ihm eine Menge von dem Professor erzählen, da ich jeden Tag dort hingehe, um mich behandeln zu lassen. Wir verstehen uns auf Anhieb. Ich biete ihm an, dass er heute Abend mit uns in die Privatklinik fahren kann, und er nimmt es gerne an, weil er nicht weiß, wo sich die Klinik befindet. Abends fahren wir dann gemeinsam in die Abendklinik und ich bin wieder einmal froh, noch einen Deutschen in der Nähe zu haben. Außer Wilja und Heiner gibt es keine Deutschen hier. Wir gehen auch gemeinsam zum Strand zum Abendessen. Jörn ist natürlich auch sehr betroffen, als er erfährt, was für eine Krankheit ich habe. Er sagt, ich sei eine sehr starke Frau, er könne mich nur bewundern, dass ich noch so einen Humor habe und den Mut, in Deutschland alles stehen und liegen zu lassen, nach Sri Lanka gekommen bin und so positiv eingestellt bin. Wenn Gerd wieder nach Deutschland zurückfliegt, würde er sich auf jeden Fall um mich kümmern. Er zieht aber erst noch mal aus dem Hotel aus. In ein Appartement für 14 Tage, liegt auch gleich um die Ecke, das sei viel billiger, sein Kurs würde offiziell erst am 1. April beginnen, dann zieht er wieder zurück in das Hotel. Es ist schön, sich einen ganzen Abend in Deutsch zu unterhalten. Jörn ist hilfsbereit und sehr verständnisvoll. Gerd ist beruhigt zu wissen, dass ich später jemanden in meiner Nähe habe. Wir sind sehr froh darüber, Jörn kennen gelernt zu haben.

Beim Frühstück lernt man die interessantesten Menschen kennen. Wir gehen Richtung Strand, sehen schon von weitem, dass da irgendetwas los sein muss. Es rennen eine Menge Leute durch die Gegend, Kabel werden gespannt, Kameras werden aufgestellt. Wir schauen dem Treiben zu, fragen den Kellner, was heute Morgen hier los ist. Er sagt, dass hier am Strand heute eine Filmszene gedreht wird. So was bekommt man nicht alle Tage zu sehen. Wir bleiben natürlich sitzen, um das Geschehen weiter zu verfolgen. Ein Mann vom Filmteam kommt auf uns zu und ich denke noch, dass wir jetzt bestimmt unseren Platz räumen müssen für die Dreharbeiten. Er fragt uns höflich, ob es uns was ausmachen würde, am Rande mit gefilmt zu werden. Nein, sagen wir, überhaupt nicht. Die Kameraleute richten die Kamera auf uns und den Eingang vom Bootshaus-Café. Die Schauspielerin, in einem wunderschönen Sari, kommt langsam in unsere Richtung, geht an uns vorbei ins Bootshaus-Café. Und Klappe. Jetzt sind wir auch noch in einem Spielfilm verewigt. Leider haben wir nicht nachgefragt, wie der Film heißt, aber bis der Film fertig ist, sind wir bestimmt schon wieder in Deutschland.

Auch in Sri Lanka bleiben die Uhren nicht stehen. Ich merke eine geringe Verschlechterung an meinem Bein, kann es nicht mehr anwinkeln, wenn ich auf dem Bett liege. Das war vorher schon schwierig, aber es ging die ganze Zeit noch mit einiger Kraftanstrengung. Sage es abends zu Heiner, er meint, mein Bein sei die ganze Zeit von vorne genadelt worden, wir müssen auch hinten am Bein Nadeln in die Muskeln setzen, das heißt für mich noch mehr Nadeln. In Zukunft, wenn mir morgens der Professor die Nadeln gesetzt hat, sucht Gerd nach Heiner, der irgendwo draußen einen Patienten behandelt, Heiner kommt dann, setzt mir hinten am Bein noch ein paar Nadeln und stellt den Stimulator für eine halbe Stunde an. Ich bin enttäuscht und traurig darüber, dass doch eine Verschlechterung eingetreten ist. Mache mir aber sofort wieder Hoffnung, die Nadeln brauchen ihre Zeit, um zu wirken.

Bevor wir nach Sri Lanka geflogen sind, habe ich den Reiseführer gelesen, da gibt es einen Ort in den Bergen, er nennt sich Pinnawela, dort werden Elefantenbabys aufgezogen, man kann einer ganzen Herde Elefanten beim Baden in einem Fluss zusehen. Das wollte ich unbedingt mit Gerd erleben. Wir haben nur noch eine gemeinsame Woche, und wie schnell ist die auch vorbei.

Wir haben unseren Fahrer gefragt, ob er außer dem Three-Wheeler auch Auto fahren kann, denn wir würden gerne nach Pinnawela. Er sagt, klar kann er Auto fahren, er würde ein Auto für uns mieten. Wir vereinbaren den Sonntag, ich sage, dass er seine Familie mitbringen kann, wir hätten doch genug Platz im Auto.

Am Sonntagmorgen um sieben Uhr steht ein sehr stolzer Autofahrer vor dem Hotel und grinst breit, er freut sich sehr. Wir holen noch seine Familie ab und fahren los, endlich mal weg von der Galle Road, es führt auch nur eine Straße nach Pinnawela aber die ist lange nicht so voll gestopft mit Autos. Es wird immer grüner, Palmen und Bananenstauden, wohin man schaut. Fahren durch kleine Ortschaften. Wir sehen eine andere Seite von Sri Lanka. Es geht Richtung Bergland, mitten in das Herz von Sri Lanka. Nach drei Stunden angenehmer Autofahrt kommen wir in Pinnawela an. Wir müssen das Fünffache an Eintritt bezahlen wie die Einheimischen. Es ist nur auf Tourismus eingestellt. Es führt ein Weg runter Richtung Fluss und auf der rechten Seite gibt es einen Souvenirladen nach dem anderen. Wir kommen an ein Restaurant, setzen uns auf die Terrasse und haben einen wunderbaren

Blick auf die Elefantenherde am Fluss. Unser Fahrer geht mit seinen Kindern direkt an den Fluss und lässt sich mit den Elefanten fotografieren. Was hätte ich in diesem Moment alles gegeben, um auch an den Fluss gehen zu können und ein Elefantenbaby zu streicheln, aber der Weg war sehr steil mit vielen Felsbrocken. Habe ihnen nur sehnsüchtig hinterhergeschaut. Wir haben viele Bilder von der Terrasse aus geschossen.

Nur eine Stunde entfernt von Pinnawela liegt Kendy. In Kendy steht der heiligste Tempel von Sri Lanka, dort ist ein Schrein mit einem Backenzahn von Buddha. Das wollen wir uns natürlich nicht entgehen lassen und fahren nach Kendy. Nach längerer Parkplatzsuche und einer kleinen Delle am Auto kommen wir in die Nähe vom Tempel. Es ist alles sehr weitläufig, vor dem Tempel ist eine große Parkanlage. Ich denke, ob ich das noch alles schaffe heute? Klar schaffst du das, und wir gehen los. Am Tempel angekommen, müssen wir die Schuhe ausziehen. Das Spießrutenlaufen beginnt, die Pflastersteine sind verdammt heiß, wir gehen so schnell ich kann, die Füße tun ganz schön weh, dann sehe ich nur noch Treppen, jede Menge Treppen, aber auch das wird heute bewältigt. Dann stehen wir vor dem Schrein, einige Mönche sitzen davor und beten, viele Menschen legen Blumenblüten vor den Schrein. Ich bin wie verzaubert, als ob man die Macht spürt, die davon ausgeht. Es herrscht eine mystische Atmosphäre, das liegt aber auch an den Menschen hier. Ich stehe davor, halte eine ganze Weile inne. Die Realität hat mich aber gleich wieder, denn wir müssen den ganzen Weg auch wieder zurück. Gerd nimmt mich bei der Hand, denn mein Bein ist ziemlich geschafft und ich stolpere öfter. Nicht weit vom Tempel gibt es ein Restaurant und ich bin dankbar für die Rast. Wir essen, reden mit Händen und Füßen, erfahren auch einiges über das Leben unseres Fahrers. Eine Weile sitzen ist sehr angenehm. Danach fahren wir wieder heim, kommen um 19 Uhr am Hotel an. Wir waren zwölf Stunden unterwegs, bin mal wieder völlig erledigt, aber es hat sich wirklich gelohnt. Das waren Augenblicke, die man sich im Gedächtnis aufbewahren wird.

Der Montag hat uns wieder, in der Privatklinik ist heute ein chinesischer Professor, auch er soll mich untersuchen. Wir gehen hoch, ich soll mich auf die Liege legen. Er fährt mit der Hand über meinen Körper, berührt ihn nicht und fragt mich auf Englisch alles Mögliche. Ich verstehe ihn nicht. Gerd holt Heiner. Gerd soll seinen Arm ganz angespannt halten, der chinesische Professor hält Gerds Arm und gleichzeitig fährt er mit seiner Hand über meinen Körper, und als er am unteren Rücken angekommen ist, geht Gerds Arm plötzlich nach unten. Der Professor sagt, dass hier am Rücken mein Problem liegt, vielleicht eine Entzündung, die man auch im Nervenwasser nicht erkennen kann. Der Professor setzt mir sechs Nadeln in den Rücken und erklärt es gleichzeitig Heiner. Noch mehr Nadeln, aber auch das muss ausprobiert werden. Heiner hat damit überhaupt kein Problem, die Nadeln kommen ja nicht in seinen Körper. Es ist ein Experiment und ich bin damit einverstanden, dass wir jeden Abend die Nadeln in den Rücken setzen werden.

Wenn ich bedenke, dass ich früher vor jeder Spritze davongerannt bin, muss ich sagen, man gewöhnt sich nicht wirklich daran, aber wenn man jeden Tag mehrmals Nadeln gesetzt bekommt, macht es einem nicht mehr so viel aus, man erträgt es einfach und beißt die Zähne zusammen.

Harald hat angerufen, ich warne ihn, dass es sehr teuer werden kann, aber er beruhigt mich und sagt, das er eine günstige Vorwahlnummer gefunden hat, und so sprechen wir ausgiebig über meine Behandlungsmethoden hier. Seine Frau ist Wissenschaftlerin, sie versucht auch über das Internet, alles nur Mögliche über meine Krankheit herauszufinden. Er verspricht mir, die Vorwahlnummer meiner Mutter mitzuteilen. Wir haben uns sehr über das Telefonat gefreut.

Wir sitzen wieder abends an unserem Lieblingsplatz am Strand, essen zu Abend und genießen den warmen Wind, da kommt ein Singhalese daher, gibt uns seine Visitenkarte und fragt, ob wir gerne meditieren würden. Ich sage, das wäre bestimmt sehr interessant, dass mein Mann bald wieder nach Deutschland zurückfliegt, da hätten wir keine Zeit mehr. Der Singhalese schaut uns mit seinem hypnotisierenden Blick an und sagt spontan, dass er für Gerd eine Abschiedsparty arrangieren würde. Er hätte ein Meditationscenter im Dschungel, ihm gehöre auch ein Restaurant ganz in der Nähe, aber er würde uns privat in sein Haus einladen. Im ersten Moment, so überrumpelt, sage ich, ja gerne. Gut, sagt er, am Mittwochabend würde sein Fahrer vorbeikommen, um uns abzuholen. Seine Frau würde fantastisch kochen, und wir tauschen noch unsere

Handynummern aus. Als er wieder gegangen ist, sagt Gerd, dass er da nicht hingeht, da könne ja wer weiß was passieren, er sei immerhin vom Oberkellner schon einmal gewarnt worden. Ich sage, bevor wir da hingehen, fragen wir unseren Fahrer, denn der kennt sich hier ja bestens aus. Gerd meint, ich sei viel zu leichtsinnig, wenn ich hier alleine wäre solle ich ein bisschen mehr auf mich aufpassen und ja nicht solchen Einladungen nachgehen. Sonst hätte er in Deutschland keine ruhige Minute mehr. Ich verspreche ihm, immer vorher unseren Fahrer zu fragen.

Am nächsten Morgen fragen wir dann auch unseren Fahrer. Er sagt, wir sollen bloß nicht da hingehen, das ist ein gefährlicher Mann, er sei schon im Gefängnis gewesen, er würde die Touristen nur so ausnehmen. Na toll, denke ich, jetzt hat der Kerl meine Handynummer. Später in der Klinik erzähle ich es Wilja, die sagt, das ist ein Fall für den Professor. Wilja erklärt dem Professor, worum es geht. Ich gebe ihm die Handynummer und der Professor ruft sofort dort an. Er spricht sehr laut mit dem Mann, natürlich auf Singhalesisch, wir verstehen kein Wort, und als er aufgelegt hat, sagt er, dass wir von dem Mann nie mehr belästigt werden. Ich bedanke mich sehr, denn das war mir dann auch zu gefährlich, einem Fremden meine Handynummer zu geben. Aber man ist ja lernfähig.

In drei Tagen läuft mein Visum ab, wir müssen unbedingt auf das Immigrationsamt. Der Professor hat schon vor zwei Wochen ein Schreiben aufgesetzt, dass ich bei ihm in Behandlung bin und dass ich für weitere zwei Monate ein Visum brauche, damit die Behandlung fortgesetzt werden kann. Sein Sekretär soll uns begleiten, da wir noch einige Formulare vor Ort Ausfüllen müssen. Ich finde es sehr großzügig vom Professor, dass er uns immer hilft. Wir fahren zu dritt mit unserem Fahrer nach Colombo zum Immigrationsamt, wieder einmal sind es sehr viele Treppen, wie sich das für ein Amt gehört, kommen auch ziemlich bald dran, füllen das Formular aus, Gerd geht mit dem Sekretär an die Kasse, Gerd hat das Geld nicht genau passend, der Angestellte sagt, er muss erst wechseln gehen, das hat dann 45 Minuten gedauert für ungefähr 30 Cent Wechselgeld. Aber Hauptsache ist, dass ich mein Visum habe. Beamte sind doch in allen Ländern gleich schnell.

Gerd und ich wollen unbedingt noch die Terrasse mit Pool vom Mount Lavinia Hotel sehen, denn es ist unser letztes gemeinsames Wochenende, aber unser Fahrer meint, er wüsste einen noch viel schöneren Platz zum Schwimmen. Also gut, sagen wir, lassen wir uns überraschen. Er holt noch seinen kleinen Sohn ab und wir fahren ungefähr zehn Kilometer. Vor uns liegt eine große Bucht, bei einer Bootsanlegestelle hält unser Fahrer an. In der Bucht ist eine Insel, da sei der Pool, sagt er, ganz einfach, wir müssen nur mit dem Boot rüberfahren. Super! Nur mit dem Boot rüberfahren – wie soll ich bitte in das Boot steigen, denn es wackelt bedenklich. Irgendwie hat unser Fahrer vergessen, dass ich nur ein gesundes Bein habe. Ich überlege aber nicht lange und setze mich mit dem Hintern auf den Steg, schwinge meine Beine ins Boot und rutsche die Treppen hinunter. Ich lasse mir doch nicht den Tag versauen wegen so einem Hindernis. Die Fahrt zur Insel ist sehr kurz, Gerd und unser Fahrer helfen mir, aus dem Boot wieder rauszukommen. Die Insel ist winzig, es befindet sich nur eine kleine Hotelanlage dort mit einem Pool, der zwar sehr schön ist, aber ich komme nicht in den Pool hinein, denn es gibt nur die Poolleiter, damit habe ich ja schon meine Erfahrungen gemacht. Also wieder zurück zum Steg, das Boot ist natürlich wieder auf der anderen Seite, wir betätigen eine Glocke, die da hängt, aber es kommt niemand. Wir erfahren, dass der Bootsmann zum Mittagessen ist. Ich suche mir in der Zwischenzeit einen Sitzplatz, denn ich kann nicht lange stehen, aber nach einer guten halben Stunde kommt das Boot wieder zur Anlegestelle zurück. Selbe Prozedur wie vorher, rein ins Boot und wieder raus aus dem Boot. Ich denke, na, das war ja eine prima Idee von unserem Fahrer, im Mount Lavinia Hotel hätte ich bestimmt einen besseren Einstieg zum Pool gehabt, wir hätten schon längst was schönes Kaltes zu trinken bekommen. Unser Fahrer sagt, er kenne noch einen schönen Pool. Nein sagen wir, eine Überraschung langt uns für heute. Aber er will es unbedingt wiedergutmachen, überredet uns doch noch. Also fahren wir noch ein paar Kilometer weiter. Wir kommen wieder an einer einsamen Hotelanlage an, sie sieht unbewohnt aus. Als wir ein Stück in die Hotelanlage reingehen, sehen wir einen fantastischen Pool, wunderschön gelegen mit Blick auf das Meer, und es ist tatsächlich eine richtige Treppe da, die in den Pool führt. Endlich kann ich ins Wasser. Es ist weit und breit kein Gast zu sehen, und wir werden vorzüglich bedient. Es ist die reinste Verschwendung, dass eine so schöne Anlage nicht genutzt wird. So wurde es doch noch ein schöner Nachmittag, alle waren wieder zufrieden.

Ich will es einfach nicht wahrhaben, aber unser letzter gemeinsamer Tag ist angebrochen. Vier Wochen sind vergangen. Gerd haben diese Wochen sehr gut getan, er sieht richtig gut erholt aus. Ich weiß, dass Gerd jeden, den er hier kennen gelernt hat, voll gequasselt hat, dass sie sich um mich kümmern sollen, wenn er nicht mehr da ist. So ist Gerd einfach, da kann man nichts dagegen machen, aber ich bin selber groß. Ich werde das alles alleine schaffen, mir ist mittlerweile alles sehr vertraut hier. Die Koffer sind gepackt, es hilft alles nichts, Gerd wird morgen früh fliegen müssen, ob wir das nun wollen oder nicht. Abends sitzen wir noch einmal am Strand, Jörn und Heiner kommen dazu und versprechen zum fünften Mal an diesem Abend, dass sie auf mich aufpassen werden. Gerd ist einigermaßen beruhigt. Ich habe in den vier Wochen mit Gerd das SMS-Schreiben auf dem Handy geübt und ich muss sagen, dafür, dass er das Handy nie angerührt hat, beherrscht er das Schreiben jetzt perfekt. Wir können ab sofort täglich kommunizieren.

Gerd wird am nächsten Morgen um acht Uhr abgeholt und er verspricht mir, alles in die Wege zu leiten, dass er doch noch einmal herfliegen kann, um mich wieder abzuholen. Der Abschied ist für mich nicht wirklich, man glaubt es im Moment noch nicht, dass ich jetzt acht Wochen von Gerd getrennt bin und dass ich auf mich alleine gestellt sein werde.

DIE ZEIT ALLEINE

Nachdem Gerd pünktlich vom Hotel weggekommen ist, geht es schon los, ich möchte frühstücken gehen, aber ich komme nicht einmal alleine aus dem Hotel. Also wird jeder dritte Satz in Zukunft „Please, can you help me." sein. Mit Gerd war ich schon ein eingespieltes Team, da hatte ich immer eine helfende Hand, das ging so automatisch. Das Mädchen von der Rezeption bringt mich zum Strand und sagt, sie würde mich auch wieder abholen. Ich sage, das braucht sie nicht, denn mein Fahrer kommt ab jetzt jeden Morgen zum Strand und holt mich ab. Der Kellner hat schon draußen für mich ein Gedeck aufgelegt und ich frühstücke ganz alleine. Ein junger schwarzer Hund kommt schwanzwedelnd auf mich zu, legt sich unter meinen Tisch, so bin ich doch nicht alleine. Mein Fahrer kommt pünktlich, hilft mir über die Schienen und wir fahren ins Hospital. Mittags möchte ich an den Pool gehen, außer die zwei Stufen am Hotel kann ich das kurze Stück noch alleine gehen, aber das Mädchen von der Rezeption geht mit mir, sie lässt mich nicht alleine gehen. Am Pool angekommen, sitzen mehrere Männer ohne Frauen dort. Ich traue mich nicht alleine ins Wasser, fühle mich beobachtet, denke an Gerd, der jetzt im Flieger sitzt, vertiefe ich mich in mein Buch und bleibe auch nicht so lange sitzen. Ich gehe wieder in Richtung Hotel, da kommt Dibika schon angelaufen, sie möchte mir helfen. Der Kellner vom Pool muss wohl an der Rezeption angerufen haben, dass ich unterwegs bin. Ich bin ein wenig beschämt, aber eigentlich ist es rührend, wie sie sich um mich kümmern. Abends lasse ich mich zum Strand bringen, bestelle ein Sandwich, ich rühre es aber kaum an, mir fehlt heute der Appetit. Ich denke an Gerd, er müsste jetzt gerade in Frankfurt gelandet sein, und bald darauf bekomme ich auch die erste SMS von Gerd, dass er gut gelandet ist. Ich lasse mich von der Kellnerin zum Hotel bringen. Lese ein paar Seiten und denke, dass ich heute nur im Hospital ein paar Worte Deutsch gesprochen habe. Das Telefon klingelt, Gerd ist am Telefon. Ich freue mich riesig, sage, dass es mir gut geht und dass heute alles bestens geklappt hat. Schlafe einsam in einem riesigen Bett ein. Es hat ordentlich gewittert und geregnet, so langsam ändert sich das Wetter hier, der Monsunregen kommt.

Heiner kommt mittags an den Pool, er möchte mir das Akupunktieren beibringen. Er sagt, dass ich das lernen muss, er geht demnächst für einige Tage in ein Meditationscenter, außerdem muss ich mich in Deutschland weiter behandeln, und zwar täglich. Er schreibt mir die Muskelpunkte auf ein Blatt Papier. Ich habe zum ersten Mal die Nadel selbst in der Hand und probiere sie in meinen Oberschenkel zu stechen, aber die Oberschicht der Haut ist ziemlich stabil oder ich bin zu zaghaft. Der nächste Versuch geht schon besser. Toll, wir sitzen hier am Pool, die Leute schauen schon neugierig, aber Heiner macht sich da gar nichts draus. Da Heiner da ist, fühle ich mich sicher am Pool und gehe auch mal wieder ins Wasser.

Heute ist ein großer Tag für den Professor. Fünfzig Jahre Arzt, und er hat nie gestreikt, sagt er immer und lacht dabei, das ist ein sehr guter Grund, groß zu feiern. In der Abendklinik ist schon ein sehr großer Menschenauflauf. Ich kämpfe mich zu Heiner hoch in den ersten Stock, damit ich meine Nadeln und Gymnastik bekomme. Anschließend geht es ins Hotel zum Sektempfang, da kann man heute fast nicht mehr stehen, so viele Menschen sind hier. Wie immer geht es danach an den Strand, dort ist ein großes Buffet arrangiert. Ich sitze mit Jörn, Heiner und zwei anderen Kursteilnehmern zusammen, da wird auch wieder öfter Deutsch gesprochen. Ich fühle mich sehr gut in ihrer Gesellschaft, viele Menschen tanzen auch und es ist richtig Stimmung da. Heiner bringt mich später zum Hotel, ich bin recht müde. Der Abend geht so schnell zu Ende. Gerd und meine Mutter haben mich noch angerufen, danach habe ich sehr gut geschlafen.

Es hat den ganzen Nachmittag geregnet, außer ins Hospital und in die Privatklinik am Abend bin ich nicht aus dem Hotelzimmer gegangen. Ich habe gut gefrühstückt heute Morgen, das muss für heute langen, ich habe bei der Hitze auch nicht so den rechten Appetit. Es klopft an meine Tür und ich bekomme ein Fax von meinen Kolleginnen und Kollegen über sieben Seiten. Sie schreiben, dass sie alle an mich denken und ich den Mut nicht verlieren soll, weil sich mein Bein verschlechtert hätte und ich jetzt alleine bin. Wenn ich wieder daheim bin, gibt es so viel Fleischwurst und frische Brötchen, wie ich möchte. Sie wollen mich alle aufmuntern. Ich sitze auf meinem Bett, heule einfach drauflos, ich bin so gerührt und fühle ich mich im Moment so alleine.

In Sri Lanka stehen Wahlen an, es heißt sogar, dass Straßensperren errichtet werden. Mein Fahrer sagt, dass er nur heute Morgen ins Hospital fährt, weil er nicht weiß, was am Mittag und am Abend auf den Straßen los ist. So kann ich heute länger am Pool bleiben und schwimmen. Ein Singhalese sitzt da, den habe ich schon öfter gesehen. Er lädt mich auf ein Getränk ein und erzählt mir von seinem Liebeskummer mit seiner Frau. Man wird schon vorsichtig, wenn ein Singhalese an einen Tisch kommt, ich denke gleich, dass da noch irgendetwas nachkommt. Sie wollen immer etwas von einem, aber er wollte wirklich nur seinen Liebeskummer loswerden. Als ich wieder an die Rezeption komme, heißt es, dass mein Fahrer um 18 Uhr da war. Da kann ich jetzt auch nichts mehr machen, mir sagt ja keiner richtig, was hier zur Zeit los ist, denn am Strand bekommt man nichts mit von den Wahlen.

Heute muss ich mich zum ersten Mal alleine akupunktieren. Heiner hat mir seinen Stimulator überlassen. Drei Nadeln habe ich verbogen, aber die anderen Nadeln sind gut in die Haut reingegangen. Ich bin sehr stolz auf mich. Später gehe ich an den Strand zum Abendessen, sitze wie immer alleine und bekomme von der Bedienung mitgeteilt, dass es heute kein Alkohol gibt wegen der Wahlen. Der Oberkellner weiß, dass ich gerne ein Bier zum Abendessen trinke, und kommt an meinen Tisch, fragt mich, ob ich gerne ein Bier trinken möchte. Ich sage natürlich, ja, wenn das möglich ist. Er geht wieder. Die Bedienung kommt mit einer Kaffeekanne voll Bier, einer Tasse dazu, und schenkt mir ein. Ideen haben die, das finde ich richtig klasse. Ich schmunzele so vor mich hin. Gerd ruft spät an, er sagt, dass ein Paket mit Büchern auf dem Weg nach Sri Lanka sei und dass das Porto teuerer war als der Inhalt. Das wird auch Zeit, so langsam gehen mir die Krimis aus.

Morgens im Hospital ist ein Arzt aus Malaysia da. Mein Professor sagt, dass er mich behandeln soll. Wir gehen raus zu den Liegen und er gibt mir eine Fußreflexmassage. Ich ziehe meinen Fuß weg, aber er hält ihn fest. Das tut so weh, dass ich schreien könnte, aber der Arzt hat einen Griff wie ein Schraubstock. Ich dachte immer, Heiner sei schon schlimm, aber das war noch eine Steigerung um 100 Prozent. Ich humpele von ihm weg und denke, zu dem gehe ich nie wieder. Da Heiner meditieren ist, hat Jörn versprochen, mir den Rücken zu nadeln. Jörn kommt ins Hotel, er bringt eine deutsche Frau mit und fragt mich, ob es mir recht wäre, sie mit auf mein Zimmer zu bringen, dass ich sie kennen lernen kann. Die Frau heißt Veronika, sie lebt in London, und ihr Mann ist auch hier, er ist Inder. Veronika ist an Parkinson erkrankt, außerdem hat sie noch Diabetes, Magenprobleme und eine Wirbel-säulenerkrankung. Wir unterhalten uns eine Weile. Als sie sagt, dass sie 14 Tage hier bleibt, um sich behandeln zu lassen, sagen Jörn und ich wie aus einem Munde, dass das viel zu kurz sei, um überhaupt einen Ansatz der Hei-lung zu spüren. Jörn nadelt mich und es tut ihm richtig weh, als er die Nadeln tief in meinen Rücken sticht. Ich muss lachen, solche Probleme hat Heiner nicht – er sagt immer, Schmerz ist gut. Später gehen wir noch auf die Dachterrasse zum Essen, denn es regnet. Gerd ruft an, wird mit mir auf der Dachterrasse verbunden. Ich denke, das Personal findet mich auch überall.

Es ist Sonntag, seit einer Woche das erste Mal, dass ich nicht alleine frühstücke. Jörn, Veronika und ihr Ehemann sitzen schon im Bootshaus, als ich komme. Wir bleiben den ganzen Morgen sitzen. Der junge Hund hat es sich unter dem Tisch gemütlich gemacht. Es ist schön, mal wieder mit netten Menschen zusammenzusitzen. Jörn geht mit mir ins Hotel, um mir Nadeln zu setzen. Ich glaube, das Personal schaut schon misstrauisch. Kaum ist Gerd eine Woche fort, gehe ich mit einem fremden Mann auf mein Zimmer, und das gleich mehrmals in der Woche. Später am Pool sind wieder sehr viel Einheimische da, ich gehe nicht ins Wasser, bestelle etwas zu essen, es fängt an zu regnen und ich bleibe den Abend im Hotel. Bekomme viele Anrufe, meine Telefonnummer spricht sich langsam in Deutschland herum.

Die Wahlen sind erfolgreich beendet, wer auch immer gewählt wurde. Alles geht wieder seinen gewohnten Gang. Der Professor gibt mal wieder seine wöchentliche Party, aber diesmal geht es an den Pool, denn es regnet fast täglich. Jörn setzt mir die Nadeln in der Privat Klinik, anschließend geht's zum Pool, da ist auch ein kleines Restaurant dabei. Jörn hat keine Lust, er sagt, nicht schon wieder Professor-Party. Audrey und Ronald, die Schotten, sind für fünf Wochen nach Australien geflogen, sind also auch nicht da. Heiner ist noch im Meditationscenter. Veronika geht mit, bleibt aber nicht lange, es geht ihr nicht gut. So bleibe ich auch nicht lange. Ich fühle mich einsam unter den vielen Einheimischen.

Veronika kommt nicht zum Frühstück, fährt auch nicht mit ins Hospital, ihr geht es immer noch nicht gut. Heute scheint die Sonne wieder gnadenlos. Ich gehe an den Pool und kann ins Wasser gehen. Unter der Woche ist es doch am schönsten. Nach der Privatklinik lasse ich mich spontan zum Old Frankfurt fahren, bestelle mir Vorspeise, Hauptspeise und Nachtisch. So, jetzt fühle ich mich wesentlich besser, das habe ich gebraucht. Eine Woche ohne Gerd kommt mir endlos vor. Ich spüre, dass sich mein Bein verschlechtert hat. Ich werde immer unsicherer beim Gehen. Ich bin es gar nicht mehr gewohnt, irgendwo alleine hinzugehen. Kaum bin ich im Hotel, habe ich wieder eine Menge Anrufe aus Deutschland. Das baut mich wieder ein wenig auf, aber ich bin im Moment nicht so positiv eingestellt, wie ich es nach außen hin zeige.

Ich freue mich immer, wenn ich schon jemand am Frühstückstisch sitzen sehe. Nur nicht alleine frühstücken. Veronika, Armin und ein Belgier, er heißt Frank, sitzen gemeinsam beim Frühstück. Frank ist Lehrer, er bleibt eine Woche am Strand, dann zieht er weiter in die Berge. Es ist immer wieder interessant, fremden Menschen zu begegnen. Heiner ist auch wieder zurück, wir verabreden uns mittags am Pool. Er erzählt mir vom Meditationscenter, er ist begeistert davon und sagt, dass er über Ostern für fünf Tage wieder hingehen wird. Ob ich keine Lust hätte mitzukommen, das wäre genau das Richtige für mich und er würde mir auch regelmäßig morgens und abends die Nadeln setzen, denn an Ostern wäre das Hospital sowieso geschlossen. Ich sage zu, denke, dass Heiner ja weiß, dass ich nicht so gut zu Fuß bin, schließlich bin ich dort auf ihn angewiesen. Er wird schon wissen, was er tut, ich vertraue ihm.

Ich habe mit Wilja telefoniert, hatte das Bedürfnis, mich mit ihr zu treffen. Von ihr habe ich schon eine Weile nichts mehr gehört, sie hat Ärger mit dem Professor, geht schon länger nicht mehr ins Hospital. Wir verabreden uns zum Essen, natürlich im Old Frankfurt. Ich erzähle es Jörn, er wollte dort auch schon länger mal hin, hat es aber nie geschafft. Heiner und Veronika kommen auch später nach, und so sitzen wir alle beisammen. Gerd ruft wie jeden Abend an, ich erzähle ihm, dass ich mit Heiner in die Berge fahren werde, in ein Meditationscenter, für fünf Tage. Gerd ist völlig entsetzt und will es mir ausreden, aber es trennen uns 8000 Kilometer, so hat er keine Chance. Ich verspreche ihm, jeden Tag eine ganz kurze SMS zu senden.

Wilja leiht mir ihren Schlafsack und ihre Taschenlampe für das Meditationscenter, ich hole die Sachen mit meinem Fahrer ab. Ich bin zum ersten Mal bei Wilja und sie zeigt mir ihr gemietetes Haus, es ist zweistöckig mit großer Terrasse einfach wunderschön eingerichtet. Das ist ein absolutes Wohlfühlhaus.

Veronika bewundert mich, dass ich mich traue, so einfach in die Berge zu fahren, in ein abgelegenes Meditationscenter gehe, ohne Strom und warmes Wasser. Ich sage, dass ich mich sehr darauf freue, dass mir ein wenig Abwechslung mal ganz gut tut, dass Heiner ja dabei ist. Sonst würde ich es nicht machen. Wir verabschieden uns, sie wünscht mir alles Gute und dass ich gesund und munter wiederkomme.

DAS MEDITATIONSCENTER

Ich habe mir für 4.45 Uhr den Wecker gestellt, packe meinen Minirucksack, habe natürlich keinen großen Rucksack dabei, ich wusste ja nicht, dass ich auch in Sri Lanka noch auf Reisen gehen werde. Bekomme wirklich nur das Notwendigste für die fünf Tage in den Rucksack. Mein Handy ist voll aufgeladen, ich denke, dass ich alles dabeihabe, was man dringend braucht. Pünktlich um sechs Uhr stehe ich unten am Empfang. Wir wollen spätestens um sieben Uhr am Bahnhof sein, um noch Fahrkarten zu bekommen. Am Bahnhof weiß man nie, wie voll es ist. Mein Fahrer kommt schon mal zu spät und fragt mich, ob ich weiß, wo wir Heiner abholen sollen. Ich sage etwas genervt zu ihm, dass er doch gestern alles mit Heiner besprochen hat, leider war ich da nicht dabei. Mein Fahrer sagt, dass er so ungefähr weiß, wo es sein müsste. Das fängt ja gut an, denke ich.

Wir fahren los, und nach einer Weile fahren wir in kleinste Seitenstraßen rein und wieder raus und wieder rein. Mittlerweile haben wir schon den fünften Three-Wheeler-Fahrer gefragt und es wird immer später, ich glaube es einfach nicht, ich denke, er kennt sich doch angeblich in allen Ecken aus. O. K., es ist 7.15 Uhr und wir sind noch weit vom Bahnhof entfernt. Zum Hotel zurückfahren ist Blödsinn, dann ist es wirklich zu spät. Letzte Chance: einfach zum Bahnhof fahren und nach Heiner Ausschau halten. Mein Fahrer gibt Gas, es ist noch wenig Verkehr auf den Straßen. Nach einer guten halben Stunde sind wir am Bahnhof und ich schicke Ubol los, nach Heiner zu suchen. Und da kommt Heiner auch gerade an, er hat sich auch einen Three-Wheeler genommen. Er geht sofort los, um noch Fahrkarten zu bekommen. Er kommt zurück und hat gerade noch zwei Stück ergattert. Jetzt aber schleunigst zum Zug, Heiner nimmt meinen Rucksack und mich an die Hand, dass ich schneller gehen kann. Ich werde irgendwie in den Zug gehievt und wir bekommen zwei wunderbare Sitzplätze. Eigentlich müsste ich längst mal auf die Toilette, aber ich verkneife es mir. Heiner sagt, dass er meinem Fahrer genau erklärt hatte, wo er morgens stehen wird. Als wir nicht gekommen sind, hat er im Hotel angerufen und erfahren, dass ich unterwegs sei. Aber jetzt sei ja alles gut, hat alles in letzter Sekunde geklappt, das ist ein gutes Zeichen. Die Fenster vom Zug sind alle offen und man hat einen genialen Blick auf die Landschaft, ich fühle mich völlig frei.

Nach vier Stunden wunderbarer Zugfahrt kommen wir in Kendy an. Vor dem Bahnhof stehen eine Menge Three-Wheeler. Heiner handelt den Preis aus, fragt, ob uns der Fahrer auch bis direkt zum Meditationscenter fahren kann, er sagt, kein Problem. Zwischendurch kaufen wir noch ein paar Bananen und eine Wasserflasche. Es geht eine gute Stunde nur bergauf, der Weg ist sehr schlecht und wir werden ordentlich durchgeschüttelt, aber mir macht das Spaß. Wir kommen an ein großes Tor, das hat ein Vorhängeschloss, ist natürlich fest verschlossen, da geht es nicht weiter. Heiner diskutiert noch mit dem Fahrer, er hat doch versprochen, uns bis zum Meditationscenter zu fahren. Der Fahrer sagt, dass wir ab hier zu

Fuß weitermüssen. Ich denke mir nichts dabei, muss ja gleich um die Ecke sein. Wir gehen seitlich am Tor vorbei und da steht ein Schild mit dem Hinweis: 20 MINUTEN GEHWEG BIS ZUM MEDITATIONSCENTER. Ich starre das Schild an, aber das nützt jetzt auch nichts mehr, der Three-Wheeler-Fahrer war auch ganz schnell verschwunden, es ist weit und breit niemand zu sehen. Wir gehen los, Heiner hat die Rucksäcke und mich bei der Hand. Es ist sehr beruhigend, dass Heiner schon seit einer Woche gefastet hat, und ich denke, hoffentlich macht er nicht schlapp. Der Weg geht nur bergauf und ist sehr uneben, wir kommen mühsam voran, dank mir. Nach 200 Metern brauche ich eine Pause. Heiner gibt mir eine Banane und einen Schluck Wasser, und weiter geht es. Das mit der Banane haben wir dann so achtmal wiederholt. Wir kommen an einem Haus vorbei, Kinder kommen raus und bringen mir Wasser, die sind echt lieb, so was wie mich haben die noch nie gesehen hier oben. Ich kann nicht mehr, eigentlich konnte ich am Tor schon nicht mehr, aber mir bleibt nichts anderes übrig, als einen Fuß vor den anderen zu setzen. Die Wolken über uns sehen immer bedrohlicher aus, ab und zu gibt der Himmel ein Grummeln von sich. Wir haben es nach einer guten Stunde schon fast geschafft, da macht der Himmel seine Tore auf und es gießt in Strömen. Sofort kommen aus allen Ecken die Blutegel. Heiner hatte mich zwar vorgewarnt, aber ich dachte nicht, dass sie uns schon auf dem normalen Fußweg überfallen werden. Wir sind damit beschäftigt, diese ekligen Dinger von unseren Beinen zu schnippen. Ein Mann vom Meditationscenter kommt uns mit einem Schirm entgegen, ist wirklich gut gemeint von ihm, aber ich bin schon völlig durchnässt. Vor uns liegt endlich das Meditationscenter, ich kann es sehen. Meine Hose ist am Oberschenkel voller Blut, ein dicker Blutegel hat es geschafft, an meinen Oberschenkel zu gelangen, den ich wohl zerdrückt haben muss mit meinem Portmonee, das ich in der Hosentasche habe. Jetzt habe ich nur noch eine Hose.

Triefend sitzen wir beim Manager und füllen ein Formular aus. Er fragt mich, ob ich keine lange Hose dabeihabe, ich sage, nein, daran habe ich wirklich nicht gedacht. Er sagt, er würde mir eine Hose ausleihen. Wir bekommen von ihm ein Kissen, eine Decke, ein Laken, fünf Minikerzen, Streichhölzer und für mich eine lachsfarbene Pumphose, sieht traumhaft aus. Männer und Frauen wohnen hier strikt getrennt, Heiner darf mir nur kurz meine Sachen ins Zimmer bringen, dann ist er auch schon weg.

Das Zimmer ist sehr klein, es stehen zwei Betonbetten darin mit einer dünnen Auflage. Eine Frau begrüßt mich im Flüsterton, sie sagt, dass sie Wilma heißt, anscheinend lebt sie schon länger hier, denn sie hat das ganze Zimmer in Beschlag genommen. Ich falle erst einmal auf das Bett, bloß nie mehr aufstehen müssen, ich will nicht mehr. Wie habe ich das bloß geschafft? Ich weiß es wirklich nicht. Sende erst einmal eine SMS an Gerd, dass ich noch lebe. Der Drang zur Toilette wird immer größer, lässt mich nicht zur Ruhe kommen. Ich quäle mich vom Bett hoch, meine Beine sind sehr unruhig, in Zeitlupe bewege ich mich Richtung Waschräume. Der Weg dorthin ist für mich die reinste Stolperfalle, es sind alles zusammengesetzte Steine, sehr uneben, und ich bekomme meinen linken Fuß kaum noch hoch. Dort angekommen, mache ich sämtliche Türen auf und sehe im ersten Moment nur in den Boden eingelassene Toiletten. So langsam bin ich der Panik nahe. Aber bevor ich in die Hosen mache, mir bleibt einfach nichts anderes übrig, gehe ich in diese Toilette. Es ist für mich die reinste Katastrophe. Ein Balanceakt mit meinem einen funktionierenden Bein. Ich denke, so, das war es, ich lasse mich von einem Taxi abholen, ist mir wirklich scheißegal, was Heiner von mir denkt, denn wenn ich morgen richtig auf die Toilette muss, das halte ich keine fünf Tage aus. Ich komme wieder aus der Toilette heraus, da steht schon eine Frau, die hat wohl schon auf mich gewartet. Sie sagt, ich solle doch bitte lange Hosen anziehen, ich entschuldige mich, mein Gott, wir sind doch hier unter Frauen. Gehe wieder sehr vorsichtig zurück und eine andere Frau begegnet mir, sie fragt mich, was mit mir los sei, anscheinend sehe ich sehr blas aus. Ich sage, dass ich sehr große Schwierigkeiten mit diesen Toiletten habe, wegen meines Beins. Sie sagt, dass es dort eine richtige Toilette gebe, die hätte ich wohl übersehen. Ich könnte die Frau umarmen, Mann, bin ich erleichtert. Wilma sagt wieder im Flüsterton, dass jetzt gleich Meditation sei, und ich solle mitgehen, sie würde mir helfen. Es ist erst später Nachmittag und ich raffe mich auf. Es ist alles sehr weitläufig für mich. Wilma nimmt mich an der Hand, Taschenlampe und Toilettenpapier habe ich alles in meiner tollen Pumphose verstaut.

Um in den Meditationsraum zu gelangen, muss man erst einmal acht große Stufen hoch Richtung Küche, an der Treppe ist kein Geländer, so habe ich keine Chance, alleine hochzukommen. Wilma hilft mir, dann geht es weiter, noch ein paar Stufen hoch, aber mit Geländer. Schuhe ausziehen, nach Blutegeln schauen und hinein in einen großen, langen Raum. Wir sind zu spät, weil ich so langsam bin, sie haben schon angefangen zu meditieren. Ich sehe auch Heiner, suche mir ganz leise einen Platz. Ich bin völlig verschwitzt und fühle mich dementsprechend. Das Meditieren gelingt mir nicht wirklich, denn es geht noch zu viel in meinem Kopf herum, was ich heute alles erlebt habe, muss mich erst einmal mit allem hier vertraut machen. Nach eineinhalb Stunden Meditieren gibt es in der Küche Wasser und Toast mit Butter. Es ist mittlerweile stockdunkel, denn es gibt ja keinen Strom, also auch keine Wegbeleuchtung. Ich möchte nur noch in mein Zimmer, aber Heiner sagt, dass es jetzt noch eine Diskussionsrunde gibt, dauert nur eine Stunde. Gut, das werde ich auch noch irgendwie überstehen. Die Diskussionsrunde ist in Englisch, als ich an der Reihe bin, kann ich wenig dazu sagen, denn es war heute das erste Mal in meinem Leben, dass ich meditiert habe, da habe ich keine Erfahrungswerte. Heiner bringt mich heimlich so nah wie möglich zu meinem Schlafplatz. Ich gehe für heute das letzte Mal zur Toilette, mit Taschenlampe, es ist furchtbar dunkel, aber ich finde das richtige Klo. Danach bin ich in ein sehr hartes Bett gefallen, aber das hat mich für heute nicht mehr interessiert.

Mein Wecker klingelt um 4.45 Uhr, ich bin sofort hellwach, warte darauf, dass sich Wilma rührt, aber die schläft tief und fest. Heiner hat gesagt, dass um 5.30

Uhr die erste Meditation ist. Scheint Wilma nicht zu interessieren. Alleine komme ich dort nicht hin, also bleibe ich auch im Bett und schlafe auch noch einmal ein. Wasche mich notdürftig am öffentlichen Waschbecken, nehme aus meiner elektrischen Zahnbürste die Batterien raus, ich habe das Gefühl, dass hier jedes fremde Geräusch stört. Gehe mit Wilma zum Frühstücken, treffe dort auch Heiner. Er fragt mich, wo ich heute Morgen gewesen sei, ich hätte die Meditation verpasst, morgens sei es am besten zu meditieren. Ich sage zu ihm, wenn du mich morgens auf halbem Weg abholst, kann ich auch zum Meditieren kommen. So verbleiben wir den auch. Da ich mit meinem Stock in der Hand schlecht einen Teller und einen Becher halten kann, holt Heiner mir Frühstück. Er kommt zurück mit einem Berg auf dem Teller, so kann nur ein Mann einen Teller voll schaufeln. Er sagt, Frühstück sei das Wichtigste am Tag, es ist ein warmer Brei mit Früchten, ich fange an zu kauen und zu kauen, es kommt mir endlos vor, aber Heiner bleibt bei mir sitzen, bis ich den Teller leer habe. Er isst heute noch nichts, es ist sein letzter Fastentag. Nach dem Frühstück geht es zum Meditieren, heute geht es schon besser. Ich konzentriere mich auf meine Atmung, Heiner sagt, dass die Atmung erst einmal das Wichtigste ist, die Gedanken kommen von alleine. Aber das Stillsitzen fällt mir noch sehr schwer, ständig wechsele ich meine Position. Es sind ungefähr vierzig Personen hier und die Atmosphäre ist für mich nicht zu beschreiben, das muss man selbst erlebt haben. Das Meditationscenter ist buddhistisch, sie sind hier alle sehr gläubig. Heiner geht mit mir in den Garten zum Akupunktieren. Ich habe einen wunderbaren Blick auf die Landschaft, diese Stille, im Hellen liegt das Meditationscenter wunderschön. Es kommen ein paar Frauen vorbei und schauen uns neugierig an. Heiner sagt, dass er in einer Stunde vorbeikommt und mir Mittagessen bringt, da muss ich nicht wieder diese Stufen hoch. Ich sage noch, bitte nicht so viel zu essen, da ich nach dem Frühstück noch keinen Hunger verspüre.

So, jetzt muss ich aber einmal richtig duschen. Ich ziehe meinen langen Wickelrock an und gehe zu den Waschräumen. Ich finde nichts zum Hinsetzen, also lasse ich meine Bandage zum Duschen an, drehe das Wasser auf, und es ist kalt, das wusste ich ja, aber dass kalt so kalt sein kann, hätte ich nicht gedacht. Im Hotel habe ich auch nur kalt geduscht, aber da war es eine angenehme Abkühlung. Ich sehe zu, dass ich so schnell wie möglich fertig werde. Heiner kommt pünktlich und hat natürlich wieder einen vollen Teller mit irgendwas, ich bin doch so empfindlich, ich fange an zu kauen und spüle das Essen mit viel Wasser runter, schaffe aber nur die Hälfte. Heiner erbarmt sich und isst den Rest, der auf dem Teller übrig ist, somit hat sich sein Fastentag erledigt und ich habe ein schlechtes Gewissen.

Eine Frau, die hier wohl das Sagen hat, kommt zu uns, sagt, es sei nicht gut, wenn wir so oft beieinander sitzen würden, und fragt, ob es mir etwas ausmache, heute noch umzuziehen, es sei ein Zimmer frei geworden, denn Wilma sei es gewöhnt, alleine zu sein, sie fühle sich gestört. Ich habe mir schon gedacht, dass mit ihr etwas nicht stimmt. Ich sage, dass es kein Problem sei, und so ziehe ich in das erste Zimmer vom Flureingang.

Es ist wieder Meditation und ich gehe Richtung Küche, einige Frauen überholen mich, aber keine der Frauen fragt mich, ob sie mir helfen können. Ich denke mir, Heiner wird mich schon irgendwo finden, dass er mir die Stufen hochhelfen kann. Auf Heiner ist Verlass, er hat schon nach mir Ausschau gehalten und wir gehen meditieren, wieder eineinhalb Stunden einatmen, ausatmen, den Rhythmus finden. Die Ruhe tut mir sehr gut, bis auf ein paar Moskitos und immer wieder Sitzprobleme geht es recht gut, finde ich. Danach gehen wir wieder in den Park und ich bekomme meine Nadeln. Langsam wird es dunkel. Es gibt Abendbrot, Zwieback mit Butter und Wasser. Heute gehe ich nicht mit zur Diskussionsrunde und Heiner bringt mich zum Zimmer. Bin ganz alleine im Zimmer, zünde eine Kerze an, sende Gerd noch eine SMS, dass es mir gut geht. Eine dicke fette Kakerlake sitzt an der Wand, also bin ich doch nicht so alleine. Ich blase die Kerze aus, aber nach einer halben Stunde muss ich noch mal mit der Taschenlampe nach der Kakerlake schauen. Sie sitzt noch da, und ich denke, wird schon gut gehen, und schlafe fest ein.

Mein Wecker klingelt um 4.45 Uhr. Ich stehe verschlafen auf und gehe mit der Taschenlampe in der Hand zu den Waschräumen. Mein Gedanke ist im Moment, bloß nicht hinfallen, ganz vorsichtig einen Schritt vor den anderen setzen, das ist sehr anstrengend. Ich bin im Moment noch alleine, kein Lichtlein weit und breit zu sehen, ich bin die Erste an den Waschräumen, weil ich ja für alles etwas länger brauche. Heiner kommt mir auf halbem Weg entgegen und wir gehen langsam zum Meditationsraum.

Einige Menschen sind schon in sich versunken, manche sind richtig vermummt. Es ist wirklich ein Erlebnis. Noch ist es stockdunkel, der Morgen erwacht langsam und die ersten Vogelstimmen sind zu hören, es ist noch recht frisch. Die Atmosphäre ist richtig gut. Danach gibt es in der Küche einen guten Tee. Heiner sagt, dass heute Morgen kein Yogalehrer da ist, da könnte er mit mir ein paar Übungen machen. Heiner macht regelmäßig Yoga. Er ist 30 Jahre alt und kerngesund. Ich habe noch kein Yoga gemacht und habe große Schwierigkeiten, die Balance zu halten mit nur einem Bein, versuche immer, mit dem rechten Bein auszugleichen. Heiner ist sehr, sehr hartnäckig und quält mich eine geschlagene Stunde, da bin ich schon am frühen Morgen fertig mit der Welt.

Es gibt wieder ganz lecker Frühstück. Ich würge es hinunter, esse auch meinen Teller leer, denn es sind viele Menschen um mich herum, denen es schmeckt, muss also an mir liegen, aber der Sojakaffee schmeckt echt gut. Bekomme wieder meine Nadeln von Heiner und anschließend ist wieder Meditation. Ich habe das Gefühl, dass die Moskitos mich besonders mögen.

Heiner bringt mir wieder ein Mittagessen, da schreibe ich jetzt nichts mehr dazu. Duschen gehe ich nicht mehr und wasche mich am Waschbecken, so gut es eben geht. Danach nicke ich ein bisschen ein. Eine junge Frau aus Wales zieht bei mir ein, das beruhigt mich ein wenig. Sie ist sehr nett, einfach ganz normal. Nachmittags wieder eineinhalb Stunden meditieren, mittlerweile habe ich das Gefühl, dass ich teilweise schon gut abschalten kann. Danach gibt es wieder guten Tee aus der Küche und Heiner sagt, dass wir noch eine Stunde Yoga machen. Eigentlich habe ich von heute Morgen noch genug, aber Ulla gibt alles. Mein Bein erholt sich einfach nicht mehr, egal ob ich viel oder wenig mache, gegen Abend ist es einfach nur noch ausgepowert und das Yoga fällt mir schwer, aber ich halte durch. Es gibt Abendessen, wieder Zwieback mit Butter und Sojakaffee.

Es wird schon langsam dunkel. Heiner gibt mir die Nadeln im Meditationsraum, zwei Typen sitzen in einer Ecke und meditieren, ich glaube, die fühlen sich etwas gestört, als Heiner noch die Kerzen um mich herumstellt, damit er überhaupt noch etwas sieht. Das bekommt nicht jeder, Akupunktur im Kerzenschein, man hätte der Sache fast etwas Romantisches abgewinnen können, wenn diese Nadeln nicht gewesen wären.

Freue mich, dass ich heute nicht alleine schlafen muss. Das Mädchen aus Wales hat jetzt schon Kreuzschmerzen von dem so genannten Bett, sie sagt, dass sie das nicht lange durchhält. Ich bin die typische auf der Seite Schlafende, so habe ich keine Kreuzschmerzen und schlafe gut. Außerdem bin ich abends schlagkaputt, denn ich stehe jeden Morgen sehr früh auf. Es ist ein langer Tag gewesen.

Die nächsten zwei Tage haben ziemlich den gleichen Tagesablauf, wobei am Ostermontag nicht gesprochen wurde. Es war der Tag des Schweigens. Da ich die letzten drei Tage sehr wenig gesprochen habe, fällt mir das überhaupt nicht schwer. Am Dienstag gab es ein richtiges Abendessen mit Fleischstückchen und es hat auch mir einmal geschmeckt.

Heiner muss auch am letzten Morgen noch volles Programm machen, nix da mit Ausschlafen. Als er auch noch Yoga mit mir machen will, streike ich, denn der Rucksack muss auch noch gepackt werden, ich brauche eben meine Zeit. Noch einmal lecker Frühstück, wenn ich noch eine Woche geblieben wäre, hätte ich mich doch tatsächlich an das Essen gewöhnen können. Das Mädchen aus Wales hat uns gefragt, ob sie mit uns zum Bahnhof fahren kann, sie hält es hier nicht mehr aus. Sie wäscht die Laken und meine Pumphose mit, da bin ich ihr sehr dankbar. Für 8.30 Uhr haben wir einen Three-Wheeler bestellt, nach kleiner Verspätung kommt er wirklich hoch direkt zum Meditationscenter. Ist das nicht wunderbar? Der Three-Wheeler ist mit dem Gepäck schon voll beladen und das Mädchen aus Wales ist sehr kräftig. Ich sitze in der Mitte, so bekomme ich auch keine blauen Flecke. Da es nur bergab geht, rutscht mir das Gepäck ständig ins Genick. Der Fahrer ist sehr vorsichtig, wir kommen nur langsam voran. Es wird schon wieder sehr knapp mit der Zeit, denn der Zug fährt um zehn Uhr, mit oder ohne uns. Aber irgendwie klappt immer alles, wir bekommen auch noch Fahrkarten. Heiner rennt schon los, um nach Sitzplätzen zu suchen, ich werde wieder in den Zug hineinmanövriert, so schnell kann ich gar nicht reagieren. Einen Sitzplatz hat Heiner gerade noch erwischt und ich darf mich setzen, das Mädchen aus Wales und Heiner müssen die ganze Fahrt über stehen. Der Zug ist für meine Bergriffe schon recht voll, aber nach jedem Halt steigen immer noch eine Menge Menschen hinzu. Mittlerweile habe ich schon viel Gepäck von fremden Menschen zwischen meinen Beinen, und es fehlt nicht mehr viel, dann sitzen auch noch welche auf meinem Schoß. Nach vier Stunden haben wir es geschafft und kommen in Forst, dem Bahnhof von Colombo an. Wir verabschieden uns von dem Mädchen aus Wales, besorgen uns einen Three-Wheeler, und Heiner setzen wir unterwegs ab.

WIEDER ZURÜCK

Was freue ich mich, Dibika, das Mädchen von der Rezeption, wiederzusehen. Sie gibt mir ein kleines Päckchen, das während meiner Abwesenheit angekommen ist, und einen Brief vom Postamt, dass dort ein Paket vom Postamt abzuholen sei. Vor allen Dingen freue ich mich auf eine wunderbare Dusche, das Bett kommt mir auch nicht mehr so hart vor. Nach dem Duschen komme ich mir wieder wie ein zivilisierter Mensch vor. Das Päckchen ist von meiner Freundin Ute, sie hat mir ein Buch geschickt und einen ganz lieben Brief dazu geschrieben. Ich liege auf dem Bett, lasse meinen Gedanken freien Lauf, bin mächtig stolz auf mich, dass ich das alles mit meiner Behinderung so gut bewältigt habe, natürlich nur mit Heiners absoluter Geduld und Hartnäckigkeit. Es waren fünf verdammt anstrengende Tage für mich, aber ich würde es sofort wieder tun, denn ich habe viel über mich gelernt in dieser Zeit. Wenn ich wieder gesund bin, gehe ich für eine Woche dorthin und dann renne ich all diese Treppen rauf und runter.

Gerd hat angerufen, er ist sehr erleichtert, dass ich wieder unversehrt im Hotel angekommen bin. Wir freuen uns beide, dass wir wieder jeden Tag miteinander telefonieren können. Lasse mich zur Privatklinik fahren zum Akupunktieren, es wird nicht geschwächelt, gleich wieder volles Programm. Dort gibt es großes Hallo und man hat sich viel zu erzählen. Heiner ist wieder ganz in seinem Element.

Abends sitze ich dann mit Veronika und Ehemann, er hat auch noch drei Freunde mitgebracht, auf der Dachterrasse, bestelle mir Fisch und ein gutes Bier. Wir haben viel zu erzählen und es wird nach Mitternacht. Bekomme noch ein Fax von meiner Arbeitskollegin Christina, sie hält mich auf dem Laufenden, was in der Firma so passiert ist. Danach schlafe ich wie ein Murmeltier in diesem großen, weichen Bett.

Am nächsten Morgen stehe ich vom Bett auf und merke gleich, dass ich heute besonders schlecht gehe, habe mich wohl noch nicht von den Strapazen der vergangenen Tage erholt. Die Schienen zu überqueren fällt mir schwerer als vor sechs Tagen, aber ich genieße das Frühstück, selbst der Toast schmeckt mir heute wieder. Mein Fahrer holt mich ab und ich sage, dass ich, bevor wir zur Klinik fahren, nach Colombo möchte, mein Paket abholen. Er rät mir, meinen Personalausweis mitzunehmen, da muss ich noch mal auf das Zimmer. Er wartet geduldig. Die Fahrt nach Colombo dauert lange, die Galle Road ist wieder einmal zugestopft, das habe ich in den Bergen überhaupt nicht vermisst. Was war die Luft in den Bergen doch so rein und frisch!

Alle Ämter haben Treppen, aber um in das Postamt zu kommen, musste ich in den dritten Stock. Treppen ziehen mich anscheinend magisch an. Ich bin froh, dass mein Fahrer dabei ist, denn ich hätte nicht gewusst, an wen ich mich dort wenden soll. Nach fünf Unterschriften, zweimal Reisepass zeigen, dann wurde das Paket auch noch vor meinen Augen geöffnet, der Inhalt wurde einzeln geprüft, habe ich endlich mein Paket in der Hand, das hat vielleicht gedauert.

Die Zeit wird knapp, aber ich möchte noch ins Hospital. Im Hospital angekommen, sind schon alle weg, es ist gerade mal zwölf Uhr, die waren aber sehr früh fertig für heute. Im Hotel angekommen, packe ich gleich das Paket aus. Fünf Bücher hat Gerd mir geschickt, die Abende sind gerettet. Für Wilja hat er noch ein Päckchen Gummibären mitgeschickt, die isst sie so gerne. Das Telefon klingelt, es ist Heiner, er sagt, dass sie sich Sorgen um mich gemacht hätten, weil ich heute Morgen nicht in der Klinik war, er sei gegenüber bei Jörn und würde gleich vorbeikommen, damit ich meine Nadeln für heute bekomme. Seit Heiner weiß, dass mein Bein schlechter geworden ist, kümmert er sich noch mehr um mich.

Bleibe nach der Abendklinik im Hotel, wasche im Waschbecken meine schmutzige Wäsche, schreibe mein Tagebuch nach, kann sogar darüber schmunzeln, wie Heiner mir alle paar hundert Meter die Banane gab – gut, dass da sonst keiner dabei war. Bekomme zwischendurch drei Anrufe aus Deutschland, die dauern natürlich etwas länger, denn es gibt viel zu erzählen heute.

Leider ist es jetzt immer öfter bewölkt. Es hat die Nacht geregnet, und so gehe ich ins Bootshaus frühstücken. Habe den jungen Hund schon lange nicht mehr gesehen, frage den Kellner nach dem Hund und er sagt, das er gestorben sei. Wie er gestorben ist, habe ich nicht genau verstanden. Ich bin traurig darüber, denn wir haben oft zusammen gefrühstückt. Mittags gehe ich an den Pool, da war ich auch schon länger nicht mehr, freue mich aufs Wasser, aber es sind wieder einmal zu viele Einheimische am Pool und ich traue mich nicht ins Wasser. Fühle mich heute sehr einsam, ich bin wirklich nicht gut drauf.

Nach der Abendklinik lasse ich mich mit Veronika direkt am Strand absetzen. Zum Abendessen bestelle ich mir Curry Chicken scharf, das treibt einem die Tränen in die Augen, aber der Curry schmeckt mir immer besser. Veronikas Mann kommt noch dazu. Als er mich ins Hotel bringt, merke ich, dass es mir immer schwerer fällt, abends nach Hause zu gehen. Ich muss mich fest abstützen bei Veronikas Mann.

Veronika fährt jetzt auch öfter morgens mit ins Hospital, dadurch dauert alles noch länger. Es ist Samstag, da gehe ich erst gar nicht zum Pool, der ist bestimmt wieder voll. Bleibe im Zimmer, fange an zu weinen, einfach so, kann mich gar nicht dagegen wehren. Mir ist alles zu viel im Moment, ich möchte am liebsten in den nächsten Flieger steigen und nur noch nach Hause. Habe ein absolutes seelisches Tief, mein Bein ist schlechter geworden, ich will mir das nicht eingestehen, aber ich spüre es deutlich.

Heiner und Jörn bemerken natürlich auch, dass es mir nicht besonders gut geht, sprechen mich auch deswegen an. Ich verspreche ihnen und vor allen Dingen mir selbst, dass es mir ab Montag wieder gut gehen wird. Heiner meint, dass mein Muskel wieder besser geworden sei. Ich probiere, mein Bein anzuwinkeln, was mir auch einmal gelingt. Wir freuen uns darüber. Abends sitze ich mit Veronika zusammen, ihr Mann fühlt sich nicht besonders gut, er ist im Zimmer geblieben. Veronika hat Bilder von Indien mitgebracht, es sind sehr schöne Aufnahmen dabei von Goa.

Schlafe sehr schlecht ein, ich bin immer noch so unglaublich traurig und einsam, weiß nicht, warum. Sonntags ist wieder großes Frühstück angesagt. Veronika mit Ehemann und Jörn sind da, ich fühle mich gleich besser. Danach gehen wir zwei Hütten weiter, da war Veronika schon öfter, dort gibt es Liegen, man wird auch bedient. Der Besitzer überschlägt sich bald, wann hat er auch einmal Gäste, geht direkt neben uns eine Palme hoch und bringt uns Kokosnüsse zum Trinken runter. Heiner kommt auch noch dazu, wir verbringen den ganzen Nachmittag dort. Ich glaube, die haben sich alle verabredet, um mich wieder aufzumuntern.

Heiner und ich gehen zurück ins Hotel, er will mir auch am Sonntag ein paar Nadeln verpassen. Er fragt mich, ob ich Lust habe, heute Abend mit ins Kino zu gehen, es werde ein singhalesischer Film mit englischen Untertiteln gezeigt. Ich sage Ja, denn ich bin im Moment für jede Abwechslung dankbar. Jörn und zwei Norweger gehen auch noch mit. Der Film ist ganz lustig, ziemlich einfach gemacht, aber O. K. Im Kino ist es schweinekalt, ich frage mich, wie man so einen riesigen Raum nur so runterkühlen kann, ich habe eiskalte Füße. Nach dem Kino wollen wir noch etwas essen gehen, Jörn und die Norweger haben keine Lust mehr mitzugehen. Heiner schlägt ein pakistanisches Restaurant vor, da war er schon öfter essen. Das Restaurant ist schön, es sind wenig Menschen dort, möchte mir gleich einmal ein Bier bestellen, aber im Restaurant gibt es keinen Alkohol, dann trinken wir eben Wasser. Heiner und ich bestellen uns irgendwas mit Gemüse, essen mit den Fingern, was mir wiederum sehr viel Spaß bereitet.

Als wir später auf der Straße stehen, ist kein Three-Wheeler zu sehen, also müssen wir bergab zur Hauptstraße gehen. Ich gehe neben Heiner, so gut es geht, aber plötzlich gibt mein Bein nach und ich falle hin, so schnell kann Heiner gar nicht reagieren. Heiner hilft mir auf, mir ist nichts passiert, keine einzige Schramme. Heiner geht los und kommt mit einem Three-Wheeler zurück. Bis auf das kleine Malheur war der ganze Tag sehr schön gewesen, mir geht es physisch wieder viel besser. Gerd hat angerufen, er hat tatsächlich einen Flug gebucht für die letzten 14 Tage Sri Lanka. Gerd hat alles mit seiner Firma geregelt, er darf unbezahlten Urlaub nehmen. Das ist einfach toll, eine supergute Nachricht. Meine Mutter und eine gute Freundin haben auch noch angerufen, so bin ich mal wieder spät ins Bett gekommen, schlafe aber sehr zufrieden ein.

Als ich am nächsten Morgen aufstehe, tut mein linkes Bein doch ein bisschen weh, mir fällt das Gehen heute noch schwerer. Am liebsten würde ich das Frühstück ausfallen lassen und den Tag im Bett verbringen, aber ich reiße mich zusammen und gehe brav frühstücken. Veronikas Mann sitzt schon da, so bin ich nicht alleine.

Den ganzen Mittag verbringe ich auf meinem Bett und tue gar nichts. Abends nach dem Hospital quäle ich mich die Stufen zur Dachterrasse hoch. Veronika hat ein Zimmer hier im Hotel, und so geht sie natürlich öfter auf die Dachterrasse als zum Strand abendessen. Wir sitzen zusammen und Veronikas Mann hat noch einen Freund mitgebracht, er heißt Toni und wohnt hier in Colombo, auch er ist richtig nett. Veronika hat immer mehr Probleme mit ihrem Magen, sie geht früh, wieder ins Zimmer zurück, ich bleibe noch ein bisschen. Toni bringt mich später rüber zu meiner Seite des Hotels.

Am nächsten Morgen am Strand sitzt Jörn noch beim Frühstück und ich frage, ob er heute den Kurs schwänzt. Er sagt, dass er sehr starke Rückenschmerzen hat und deshalb nicht hingeht. Ich freue mich, leider auf Jörns Kosten, dass ich nicht alleine frühstücken muss. Wir verabreden uns für den Mittag, um an meinem Notebook „Wer wird Millionär" zu spielen. Das macht richtig Spaß mit Jörn, er kann dann immer nicht mehr aufhören. Als er mich akupunktiert hat, wie Heiner nicht da war, hatten wir schon öfter „Wer wird Millionär" gespielt, ohne Ende in Sicht. Heiner kommt überraschend vorbei, ich hatte ihm heute Morgen von Jörns Rückenschmerzen erzählt. So ist Heiner einfach, immer um seine Mitmenschen besorgt. Jörn muss sich auf das Bett legen und Heiner massiert ihn richtig durch. So, nun habe ich schon zwei Männer in meinem Hotelzimmer, da kann das Personal ja nun ausgiebig tratschen.

Abends nach der Privatklinik wollte ich eigentlich im Zimmer bleiben, da ruft mich Veronikas Mann an, er lädt mich für heute Abend ins Mount Lavinia Hotel ein. Es ist sein Abschiedsessen, er fliegt morgen nach London zurück. Nach kurzem Zögern sage ich zu, werde vom Hotel abgeholt, Toni mit seiner Frau sind mit dem Auto gekommen. Dort angekommen, gibt es einen Lift, der uns auf die Terrasse bringt. Ich bin überwältigt von der Pracht des Hotels, so schön habe ich es mir nicht vorgestellt. Alles im alten Stil, und die Terrasse ist riesengroß, mindestens 200 Tische nur auf der Terrasse, es ist ein Traum von Hotel. Ich ärgere mich im Nachhinein, dass ich mit Gerd nie in diesem Hotel war, wir sind nur einmal daran vorbeigefahren und haben uns nicht getraut hineinzugehen. Das wäre mir in gesundem Zustand nicht passiert. Ich freue mich schon jetzt darauf, mit Gerd hier abends zu sitzen. Das Essen ist vorzüglich, man wird hervorragend bedient, ich komme mir vor wie in der Kolonialzeit. Das Personal ist dementsprechend angezogen. Es war wieder ein sehr schöner Tag mit viel Unterhaltung. In der Nacht hat es ordentlich geregnet, ich bin dadurch öfter wach geworden.

Auch der nächste Morgen ist noch recht bewölkt, ich bin noch sehr müde. Mache heute nur das Notwendigste, meine zwei Behandlungen, ansonsten bleibe ich im Zimmer. Jörn hat mir Entspannungsmusik ausgeliehen, und zu lesen habe ich auch noch jede Menge. Da ich meistens nur jeden zweiten Abend essen gehe, habe ich abgenommen, die Hosen haben alle Luft und körperlich fühle ich mich sehr wohl. Abends bekomme ich wieder viele Anrufe aus Deutschland, sie denken alle an mich.

Am nächsten Abend ist wieder einmal Professor-Party, der gleiche Ablauf wie immer. Es ist halt einfach direkt vor meiner Zimmertür, und so gehe ich auch hin. Veronika ist zu müde nach der Behandlung und Jörn hat wieder keine Lust. Ich sitze mit Heiner am Pool, es ist heute besonders schwül, man wird gar nicht richtig trocken. Es ist nicht ganz so einfach, Heiner ein Gespräch zu entlocken, er ist mehr der stille Mensch, aber wenn man einmal ein Thema angefangen hat, merkt man nicht mehr, wie die Zeit vergeht. Habe den ganzen Abend nur Cola getrunken und bin noch putzmunter. Im Zimmer trinke ich ein Bier, telefoniere lange mit Gerd, lese noch ein paar Seiten, bis ich endlich gegen drei Uhr nachts das Licht ausmache.

Jetzt bin ich schon über drei Wochen hier ohne Gerd. Es ist für mich persönlich nicht immer leicht, wegen jeder Treppe um Hilfe bitten zu müssen, aber ich habe bisher alles sehr gut gemeistert, für das, was ich noch kann, bin ich sehr zufrieden. Auch Heiner und Jörn geben mir moralischen Beistand, allein durch ihre Anwesenheit. Ich weiß, dass sie jederzeit für mich da wären, wenn ich sie einmal nötig bräuchte. Das hilft mir auch sehr. Ich darf nie zurückschauen, ich freue mich über die Dinge, die ich noch alleine bewältigen kann. Ein Telefonat aus Deutschland hat mich richtig erschüttert. Bei uns im nächsten Ort ist auch ein ALS-Patient, der ziemlich zur gleichen Zeit wie ich diese fürchterliche Diagnose gestellt bekommen hat. Es heißt, er würde jetzt fest im Rollstuhl sitzen. Das hat mir große Angst gemacht. Ich sage ständig zu mir, dass mir das nicht passiert, nein, so will ich nicht enden, so schnell kriegt mich diese Krankheit nicht klein. Ich merke schon, dass die Krankheit ihren Verlauf nimmt, ob ich will oder nicht. Seit längerem gehe ich abends nicht mehr zum Essen an den Strand, ich habe das Gefühl, dass ich abends die Kraft nicht mehr habe, ins Hotel zurückzukommen. Einmal am Tag an den Strand, das langt mir im Moment vollkommen. Ich muss ständig irgendwelche Abstriche machen. Aber ich gebe mich keine Sekunde meiner Krankheit hin. Denn mental bin ich im Moment sehr stark.

Ein Singhalese hatte sich letzte Woche zu mir an den Frühstückstisch gesetzt. Wir unterhielten uns über dieses und jenes und er fragte mich, was ich schon alles unternommen hätte und was ich noch gerne hier erleben würde. Ich sagte, dass mir eine Bootsfahrt gut gefallen würde, was ich aber mit meiner Behinderung nicht alleine machen kann. Damit war für mich das Thema eigentlich erledigt. Am nächsten Morgen war er auch gleich wieder da, er sagte, er hätte sich um die Bootsfahrt gekümmert, es würde ein ganz toller Tag werden, nur was es kostet, hat er nicht gesagt.

Heiner und Jörn habe ich gefragt, sie würden die Tour mit mir unternehmen. Ich bin mit Jörn am Abend auf der Dachterrasse verabredet, damit wir zusammen mit dem Singhalesen alles besprechen können, vor allem die Preisfrage. Wir warten schon eine ganze Weile auf ihn. Als er dann mit viel Verspätung auftaucht, wollen wir auch gleich als Erstes den Preis verhandeln. Er sagt uns eine Summe, die wir sofort ablehnen. Für den Preis hätten wir auch einen Tag auf einer Luxusjacht verbringen können.

Das bestätigt wieder einmal die Warnhinweise unseres Oberkellners. Ärgerlich zieht er von dannen, das war es dann mit der Bootsfahrt. Denn am nächsten Wochenende ist Jörn schon in Deutschland.

Es ist wieder einmal Sonntag und ich freue mich schon auf das Frühstück, da kann man wieder lange sitzen bleiben, sich gut unterhalten und den Meeresblick genießen. Ich hatte Heiner erzählt, dass ich in den acht Wochen, seitdem ich hier bin, noch keinen einzigen Sonnenuntergang in Sri Lanka erlebt habe, denn abends bin ich immer um die Zeit, wenn die Sonne untergeht, in der Abendklinik. Das finde ich sehr schade, es ist für mich immer ein unbeschreiblich schönes Erlebnis im Urlaub gewesen. Heiner sagt, dass er den Nachmittag bei Jörn ist, um seinen Rücken zu behandeln, und später könnten wir dann zum Strand gehen, um uns den Sonnenuntergang anzuschauen, dabei könnte er mir auch gleich ein paar Nadeln setzen. Na prima, denke ich, typisch Mann. Den Sonnenuntergang möchte ich sehr gerne sehen, aber die Nadeln am Strand, das muss nun wirklich nicht sein.

Na ja, es wird später Nachmittag und es ziehen immer mehr dunkle Wolken auf. Ich rufe drüben bei den Jungs an und erkundige mich, was sie so treiben. Sie sagen, dass sie gleich einmal rüberkommen. Jörn hat immer noch Rückenschmerzen, Heiner ist wieder einmal in seinem Element, so bekommt Jörn auch Nadeln gesetzt. Wir sitzen mit unseren Nadeln im Körper und beobachten, wie das Gewitter immer näher kommt. Die Sonne versucht noch, die Wolken zu übertrumpfen, und so entsteht ein diffuses

Licht. Der Himmel hat alle Farben und es wird immer dunkler, fast so schön wie ein Sonnenuntergang, den ich wieder einmal nicht sehen konnte. Wir beschließen, ins Old Frankfurt zu fahren, rufen Wilja und Veronika an. Sie kommen beide sehr gerne, und so wird es wieder ein sehr unterhaltsamer Abend. Wilja lädt uns für nächste Woche zum Essen ein. Es ist sehr schön, gute Freunde gefunden zu haben, so weit weg von der Heimat. Geli hat noch spät angerufen, wir haben über eine Stunde gesprochen, auch dass es ihr Leid tut, dass sie mich mit der Nachricht von dem Mann im Rollstuhl erschreckt hat, das hat ihr Gerd erzählt. Ich beruhige sie und sage, dass Gerd mich immer von allem verschonen möchte, was ich aber nicht gut finde, ich kann damit sehr gut umgehen.

Den nächsten Tag verbringe ich im Hotelzimmer, außer meinen Behandlungen natürlich. Heiner hat mir auch jede Menge CDs ausgeliehen, er hat einen sehr guten Geschmack. Ich höre Musik, mache meine Yogaübungen und lese in meinem Krimi, mittlerweile kann ich auch einmal so einen Faulenzertag ganz alleine genießen. Ich fühle mich nicht mehr so alleine, ich habe mich auch daran gewöhnt, alleine in diesem riesengroßen Bett zu schlafen, denn ich habe schon jahrelang nicht mehr alleine geschlafen. Mit Gerd habe ich immer Hautkontakt, und wenn es nur die Füße sind.

Ausgerechnet heute, wo wir alle bei Wilja eingeladen sind, ist wieder einmal eine Professor-Party. Ich bin nicht gerade begeistert. Der Professor hat mich heute schon dreimal gefragt, ob ich auch komme. Es würden hohe Politiker kommen und ich solle mir etwas hübsches anziehen. Da ich sowieso fast jeden Abend drei Stunden in der Abendklinik bin, sieht mich der Professor und ich kann mich später mit Heiner davonschleichen. Ich habe mir auch ein Kleid angezogen, darunter habe ich kurze Leggings angezogen, denn wenn mir Heiner die Nadeln in den Rücken setzt, muss mich nicht jeder in meiner Unterhose sehen. Mit dem Kleid ist das sehr unpraktisch. In den Räumen sind mehrere Liegen und es ist immer ein Kommen und gehen, da gibt es keinen verschlossenen Raum. Es spielt sich immer alles in der Öffentlichkeit ab. Was auch sein Gutes hat, denn ich kenne fast alle Patienten, man begrüßt sich immer herzlich und macht ein bisschen Smalltalk.

Mit Veronika haben wir uns für 21 Uhr draußen auf der Straße verabredet. Als wir uns durch die Menschenmenge wühlen, ist Veronika verschwunden, wir können sie nirgendwo finden und fahren schließlich alleine los. Ich mache mir Sorgen um sie. Jörn ist schon nachmittags zu Wilja gefahren, sie hat singhalesisches Essen vorbereitet. Ich probiere, auf Veronikas Handy anzurufen, zum Glück meldet sie sich. Sie entschuldigt sich, ihr war es wieder einmal nicht gut und sie hat sich ins Hotel fahren lassen, sie bedauert es sehr, nicht dabei sein zu können. Nach dem sehr guten Essen holt Wilja einen Verdauungsschnaps, der Odenwälder Blutwurz heißt. Finde ich klasse, sitze hier in Sri Lanka und trinke Odenwälder Schnaps. Es ist ein sehr ausgelassener Abend, Wilja erzählt uns von ihrem Abenteuer in Manila. Sie hatte Geschwüre im Unterleib, deshalb ist sie nach Manila geflogen zu einem Wunderheiler, der sie per Handauflegen operiert hat. Es ist eine unglaubliche Geschichte, sie hat uns auch sehr appetitliche Bilder gezeigt. Ich weiß einfach nicht, was ich davon halten soll. Der Abend verging wie im Flug, um 2.30 Uhr haben wir uns verabschiedet.

Am nächsten Morgen bin ich noch sehr müde, heute gehe ich ausnahmsweise nicht frühstücken, ich kann den Toast sowieso nicht mehr sehen. Wochenlang nur Toast, mal etwas heller oder dunkler getoastet, irgendwann hängt einem das Frühstück zum Hals raus. Ich mache mir einen Kaffee, der Wasserkocher ist für mich unentbehrlich geworden. Mein Fahrer hat mich schon am Strand gesucht, aber weit kann ich ja nicht sein. Der Professor hat natürlich auch gefragt, wo ich gestern Abend abgeblieben sei. Ich habe eine kleine Ausrede parat. Denn den Namen Wilja hört der Professor im Moment gar nicht gerne. Jörn hat mir DVDs ausgeliehen, und so verabreden wir uns mit Heiner und Veronika, den Abend bei mir im Zimmer zu verbringen. Telefonisch bestellen wir Bier und Salat auf das Zimmer, zu dritt sitzen wir auf dem Bett um mein kleines Notebook herum. Der Kellner bringt uns das Essen und serviert es uns auf dem Bett, er hat schon ein wenig komisch dreingeschaut. Veronika verlässt uns wieder mitten im Film, sie ist wieder sehr unruhig und kann nicht lange ruhig sitzen. Schaue mit Heiner den Film zu Ende. Es ist schon wieder spät geworden. Ich bin noch immer nicht müde und schaue mir noch einen Film an, mittlerweile entwickele ich mich zur Nachteule.

Jörn ist jetzt sechs Wochen hier gewesen, er gibt sein Abschiedsessen. Er hat uns zum pakistanischen Restaurant nach der Abendklinik eingeladen. Ein Singhalese, Heiner und ich warten schon auf Jörn, er kommt spät und erzählt uns, dass er über drei Stunden bei Veronika war. Es ging ihr so schlecht, dass sogar der Professor höchstpersönlich nach ihr geschaut hat. Jörn hat sich in den letzten Wochen sehr um Veronika gekümmert, er war jeden Tag bei ihr im Zimmer und hat sie behandelt. Das Essen ist sehr gut und ich kann wieder einmal mit den Fingern essen. Diesmal nimmt mich Heiner bei der Hand, als wir nach einem Three-Wheeler Ausschau halten.

Der letzte Tag mit Jörn ist angebrochen, wir frühstücken zusammen und er fährt mit ins Hospital, um sich dort zu verabschieden. Am späten Nachmittag kommt Jörn vorbei, um sich auch bei mir zu verabschieden. Er drückt mich herzlich, ich soll weiterhin so stark bleiben, wir würden uns auf jeden Fall in Deutschland treffen, und weg ist er. Ich bin schon ein wenig traurig, denn Jörn war immer guter Laune und sehr verständnisvoll. Heiner kommt vorbei und leiht mir seinen Stimulator aus, auch er fährt für fünf Tage in den Süden. Der 1. Mai steht vor der Tür, da sind wieder jede Menge heilige Feiertage in Sri Lanka angesagt und auf der Galle Road wird ein riesiges Fest vorbereitet.

Jörn ist jetzt in Deutschland, Heiner für fünf Tage ab in den Süden, bei Veronika weiß man nie, wie sie sich gerade fühlt. Mann, wird das langweilig, denke ich, rufe gleich einmal Wilja an. Erzähle ihr meinen Kummer und wir

verabreden uns für den nächsten Abend im „Old Frankfurt".

Nun muss ich mich daran gewöhnen, wieder alleine zu
frühstücken. Seit zwei Tagen sitzen ein dunkelhäutiger
Mann, eine dunkelhäutige Frau und eine weiße Frau
morgens beim Frühstück. Da ich heute alleine bin, kommen wir ins Gespräch. Sie ist Irin, ihr Mann und seine
Schwester sind Tamilen, sie leben in Australien und seine
Schwester in Texas. Sie sind nicht auf Urlaub hier, sie haben geschäftlich hier zu tun. Ich bin beeindruckt, wo die
Menschen hier alle herkommen. Erzähle auch meine Geschichte, warum ich gerade hier gelandet bin und dass ich
noch 14 Tage alleine bin, bis mein Mann kommt. Sie sind
sehr betroffen und bewundern mich, dass ich so absolut
positiv wirke. Tony heißt die Irin, sie lädt mich spontan
für heute Abend zum Essen ein. Also von aufkommender
Langweile kann nicht mehr die Rede sein, ich freue mich
sehr auf heute Abend.

Pünktlich werde ich am Empfang von Tony und ihrer
Schwägerin Shakuntula abgeholt. Wir fahren zu dritt im
Three-Wheeler, es regnet sehr stark und wir halten zu dritt
die Plane fest, damit wir nicht nass werden. Die Fahrt
dauert eine halbe Stunde, es ist jetzt schon lustig mit den
zwei Frauen. Das „Green Cabin" ist auch wieder ein halb
offenes Restaurant, es befindet sich an der Galle Road.
Tonys Mann Somason kommt mit einem Arbeitskollegen
nach. Wir bestellen kreuz und quer die Speisekarte durch,
ich muss mich wieder einmal überraschen lassen. Es werden viele kleine Schüsseln gebracht und Somason zeigt

mir, wie man richtig mit den Fingern isst. Es ist alles sehr scharf, aber es schmeckt mir mittlerweile sehr gut. Mit Somason trinke ich zwei Kannen Tee, der ausgezeichnet schmeckt. Wir reden nur Englisch, eine andere Alternative habe ich ja auch nicht, was natürlich ab zu ein Lachen auslöst, aber wir können uns sehr gut verständigen. Diese Familie ist so humorvoll und herzlich, ich fühle mich sehr wohl in ihrer Gesellschaft, es ist für mich ein ganz besonderer Abend.

Am nächsten Morgen frühstücken wir zusammen und ich bedanke mich noch einmal für diesen schönen Abend. Nach dem Hospital traue ich mich endlich zum Friseur, ich will schon seit drei Wochen zum Friseur, habe es aber immer wieder aufgeschoben. Mein Fahrer fährt mich zu einem Friseursalon und sagt, dass dort viele Touristen hingehen. Dort angekommen, geht es Treppen hoch, im zweiten Stock angekommen, steht ein Schild „Für Männer", also noch einen Stock höher. Bin schon wieder etwas nass geschwitzt, als ich endlich dort ankomme. Der Laden ist sehr sauber und gut eingerichtet. Ich komme sofort dran, die Friseurin fragt mich, wie ich gerne mein Haar geschnitten haben möchte, und ich sage, so wie sie jetzt sind, nur alles ein bisschen kürzer. Das mit dem bisschen kürzer hat sie wohl missverstanden, denn sie schneidet munter drauflos. Wie sie dann fertig ist mit mir, habe ich einen sehr kurzen Haarschnitt und meine Ohren sind frei. Ich denke mir, dass mich keiner hier kennt, und wachsen werden sie von alleine wieder, außerdem ist so ein Haarschnitt bei dem Wetter hier sehr praktisch. Der Preis hat mich dann auch getröstet, in Deutschland gebe ich den Betrag als Trinkgeld. Es ist den ganzen Tag schon bewölkt, ab und zu regnet es, ich werde heute wieder einmal mein Zimmer genießen, ich habe noch ein letztes Bier im Kühlschrank. In Sri Lanka gibt es nicht einmal in Geschäften Alkohol an Feiertagen zu kaufen. Das ist ein absolutes Tabu.

Der nächste Morgen beginnt schon mit Regen und ich werde diesmal mit Schirm an den Strand gebracht. Sitze im Bootshaus beim Frühstück, Tony und Somason kommen, setzen sich zu mir, fragen, was ich heute vorhabe, ich sage, dass ich eigentlich einmal wieder an den Pool wollte. Aber das Wetter spielt wohl heute nicht mit, es sieht so aus, als ob es sich einregnen würde. Sie erzählen mir, dass sie auf einen Markt fahren wollen, und anschließend seien sie zum Essen bei Freunden von Shakuntula eingeladen, wenn ich Lust hätte, könnte ich doch mitkommen, sie würden sich freuen, wenn ich Ja sage. Das lasse ich mir nicht zweimal sagen, und ob ich Lust habe! Auf einen Markt, das klingt nach Abwechslung. Den Markt sehen wir mehr oder weniger vom Three-Wheeler aus, denn es regnet mittlerweile heftiger. Es gibt sehr viele Gemüse- und Obstsorten, die ich noch nie gesehen habe. Somason kauft jede Menge Mangos ein. Dann halten wir vor einem modernen, etwas größeren Geschäft. Somason sagt, er komme gleich wieder, und verschwindet dort hinein. Er kommt nach fünf Minuten mit einem noch warmen, sehr gut riechenden Brot heraus, drückt es mir in die Hand und freut sich darüber, dass ich mich freue. Seit zehn Wochen das erste Brot. Manchmal wundert man sich über sich selbst, dass man sich so auf ein Brot freuen kann. Das sind eben die kleinen Dinge des Lebens.

Wir fahren weiter und kommen in eine ruhige Gegend, wo sehr schöne Häuser stehen, und halten vor einem Haus. Shakuntala macht die Tür auf, wir werden herzlich begrüßt. Es wohnen drei Frauen hier, alle in Saris gekleidet. Ich werde so behandelt, als ob ich schon ewig mit der Familie vertraut wäre. Ein großer Tisch wird gedeckt und wir sitzen zu acht beim Essen. Tony lädt mir einen Teller voll Essen, ich glaube, sie möchte mich etwas aufpäppeln. Das Essen ist für mich undefinierbar. Es schmeckt sehr gewöhnungsbedürftig. Ich halte mich tapfer und esse meinen Teller leer. Den anderen schmeckt das Essen sehr gut. Es liegt eindeutig an mir. Wir verbringen einen sehr schönen Nachmittag, ich finde es großartig, bei einer Tamilenfamilie dabei sein zu dürfen.

Abends kommt Tony überraschend zu mir rüber ins Hotel und sagt, dass sie noch essen gehen möchten, sie hätte Veronika getroffen, sie würde auch gerne mitkommen. Ich bin eigentlich noch sehr satt vom Mittagessen, sage aber zu, allein schon wegen der netten Unterhaltung. Wir wollen nur zur Hauptstraße, da ist ein gutes Restaurant, leider hat es geschlossen wegen der Feiertage. Also müssen wir noch ein ganzes Stück mit dem Three-Wheeler fahren, was Veronika gar nicht gut bekommt. Es ist die Hölle auf dieser Straße, normalerweise ist die Straße schon sehr voll, aber durch das Fest an der Hauptstraße gibt es sogar für einen Three-Wheeler kein Fortkommen mehr. Als wir endlich an einem anderen Restaurant ankommen, geht es Veronika so schlecht, dass sie auf der Stelle umdreht und wieder nach Hause fahren muss. Wir bestellen etwas, eigentlich bestellt Tony wieder lauter exotisches Essen, was ich gar nicht wollte. So langsam wird mir auch schon komisch im Magen. Wenn ich noch einen Monat mit Tony und Somason essen müsste, wäre ich endlich von meiner Empfindlichkeit kuriert.

Ein letztes Frühstück mit Tony. Heute ist der Ozean fantastisch, die Wellen kommen bis zu den Tischen am Strand. Ich könnte stundenlang so sitzen und zuschauen. Tony kommt am Abend, um sich zu verabschieden, sie fliegt nach London. Somason bleibt noch eine gute Woche hier, er muss sich noch um geschäftliche Dinge kümmern. Die Menschen kommen und gehen, dennoch wird man manche Menschen nie vergessen. Schade, dass ich Tony nur so kurz kennen gelernt habe. Spätabends klopft es an meiner Zimmertür. Es ist Heiner, er ist wieder zurück aus dem Süden.

Ich freue mich sehr, ihn wiederzusehen. Er erzählt mir, was er alles erlebt hat, und fragt mich, ob ich Langeweile gehabt hätte. Das kann ich absolut verneinen und erzähle von Tony und Somason. Er fragt mich auch, wie es mit der Akupunktur geklappt hat. Da kann ich auch nur Positives berichten, dass ich mir täglich 15 Nadeln gesetzt habe, ohne viele zu verbiegen.

Die Feiertage sind vorbei und alles geht seinen gewohnten Gang, das Hospital hat auch wieder auf. Das schottische Ehepaar ist von Australien zurück, Audrey umarmt mich, und wie wir uns so unterhalten, sagt sie, dass mein Englisch in den fünf Wochen, wo sie weg war, sehr gut geworden ist. Das macht mich mächtig stolz. Zwei neue

Kursteilnehmerinnen sind auch dazugekommen, eine Holländerin und eine Amerikanerin, sie sind für einen Monat hier. Wir verstehen uns gleich auf Anhieb gut.

Wir gehen abends mit Audrey und Ronald ins Mount Lavinia Hotel, da wird jeden Samstag auf der Terrasse ein Kinofilm gezeigt. Wir sind schon spät dran und fahren zu viert in einem Three-Wheeler, der Fahrer meckert während der Fahrt vor sich hin, er möchte mehr Geld für so viele Passagiere. Heiner gibt ihm den normalen Fahrpreis und lässt sich auf keine Diskussion ein, die Three-Wheeler-Fahrer sind ständig am Meckern. Die Leinwand ist ganz hinten auf der Terrasse, der Film hat schon angefangen. Audrey, Ronald und Heiner haben einen guten Schritt drauf, bei dem ich nicht mithalten kann. Ich komme langsam hinterher, immer mehr merke ich, dass ich sehr unsicher geworden bin. Am besten kann ich gehen, wenn mich jemand bei der Hand nimmt, aber das möchte ich nicht immer. Ansonsten dauert es ewig, bis ich am Ziel bin. Da im Moment keine Saison ist, haben wir einen guten Sitzplatz bekommen. Es sind nicht viele Menschen da, ein amerikanischer Film wird gezeigt und es wird spät. Ich bin noch so munter und lese noch eine ganze Weile, schlafe schlecht ein.

Am helllichten Sonntagmorgen klingelt der Wecker erbarmungslos um 5.45 Uhr. Wieso habe ich nur zugesagt, mit zum Yoga zu gehen? Erst einmal wach werden, das geht nur mit Kaffee, den ich mir zubereite. Meinen Fahrer konnte ich überreden, dass er um kurz vor sieben vorm Hotel steht. Audrey, Ronald und Heiner kommen ans

Hotel und wir fahren in Richtung Mount Lavinia Hotel zu den zwei neuen Kursteilnehmerinnen. Sage zu meinem Fahrer, dass er mich in zwei Stunden wieder abholen soll. Was habe ich nur verbrochen – die zwei Damen wohnen unterm Dach und es gehen sehr steile Treppen nach oben, so langsam bekomme ich eine Treppenphobie. Wir werden schon erwartet. Das Appartement ist sehr geräumig, sodass wir alle genug Platz haben. Ich bekomme eine dicke Matratze für die Übungen. Die Amerikanerin sitzt vorne und gibt uns die Anweisungen. Hauptsächlich geht es um Atemübungen im Sitzen, was mir sehr gut bekommt. Später müssen wir öfter aufstehen bei den Übungen. Ich angele mich mehr oder weniger an einem Stuhl hoch. Ich werde gelobt, dass ich so gut mitmache, ich bin ja auch von Heiner genug trainiert worden und habe viele Übungen in meinem Zimmer hinter mir. Nach zwei Stunden bin ich doch ein wenig geschafft und lasse mich von meinem Fahrer an den Strand bringen. Somason ist da und wir frühstücken gemeinsam. Wir unterhalten uns prächtig, er ist sehr witzig und wir lachen viel. Gegen Mittag bringt mich Somason ans Hotel, ich muss mich sehr abstützen bei Somason, bin ziemlich fertig, und ausgerechnet da muss Heiner hinter uns herlaufen, das ist mir irgendwie peinlich, dass er mich so schlecht gehen sieht. Ich stelle ihm Somason vor. Heiner sagt, er geht zu Audrey und Ronald. Im Zimmer falle ich erst einmal auf das Bett, bevor ich überhaupt ans Duschen denke.

Spätnachmittags kommt Heiner vorbei, er hatte vorher nichts gesagt, dass er kommen wollte, aber ich hatte heute auch nichts mehr vor. Für Heiner war die Yogastunde zu lasch und er sagt, dass ich nicht so viel Atemübungen machen soll, sondern mehr die richtigen Übungen. Wir schauen uns Bilder von Indien an, die Heiner mitgebracht hat, und ich bin erschüttert, wie er mir die Bilder von den kranken Kindern zeigt. Ich verstehe Heiner so gut, das er ihnen helfen will. Dann fangen wir an, in seinen CDs zu forsten. Wir unterhalten uns, hören eine CD nach der anderen und die Stunden vergehen. So nebenbei fragt mich Heiner, warum ich kein Buch über meine außergewöhnliche Geschichte schreibe. Ich sage, das sei ein guter Gedanke, und dass ich drüber nachdenken werde. Heiner geht weit nach Mitternacht nach Hause. Irgendwie ist Heiner zu meinem dritten Bruder geworden, man kann sich mit ihm einfach über alles unterhalten und er ist sehr menschlich, was er aber eher selten zeigt.

Am nächsten Morgen wache ich mit dem Gedanken auf, dass ich nur noch einmal alleine frühstücken muss, dann ist Gerd endlich wieder da. Nach sechs Wochen hat er mir schon sehr gefehlt, und trotzdem war es für mich persönlich sehr wichtig, eine gewisse Zeit alleine zu sein. Ich bin innerlich sehr stark und ruhig geworden, ich hatte viel Zeit, um über alles nachzudenken, was mir in Zukunft wichtig ist. Die sechs Wochen waren auch eine Herausforderung, in einem fremden Land mit meiner Behinderung so umzugehen, dass ich fast alles mitgemacht habe, wie ein gesunder Mensch.

Meine Gedanken kreisen immer mehr um ein ungeschriebenes Buch. Soll ich wirklich anfangen? Es gibt so viele Menschen mit fürchterlichen Schicksalsschlägen, ich bin doch nur eine von Tausenden. Außerdem war ich früher in der Schule im Aufsatzschreiben nicht gerade die Begabteste. Aber es hätte bestimmt auch sein Gutes, sich einmal alles von der Seele zu schreiben. Das, was man nicht in Worte fassen kann, wäre doch in meinem Notebook erst einmal gut aufgehoben.

Ich sitze vor meinem Notebook und starre lange die leere Seite an, denke nach, wie alles begann, und automatisch fange ich an zu schreiben. Es lässt mich nicht mehr los, beim Schreiben fange ich an zu weinen, kann gar nicht mehr aufhören. Ich muss aufpassen, dass nicht so viele Tränen in das Notebook tropfen. So eine Reaktion hätte ich nicht von mir erwartet, von wegen, ich habe mein Seelenleben im Griff. Gar nichts hab ich, bin völlig aufgewühlt. Ich muss mich zwingen, mit dem Schreiben aufzuhören, denke an Gerd, der jetzt im Moment von Frankfurt aus startet. Das Telefon klingelt, reißt mich aus meinen Gedanken, es sind drei gute Freunde aus Waschenbach am Telefon. Steffi sagt, bevor mir Gerd alles verraten würde, möchten sie ihm zuvorkommen, sie hätten eine Überraschung für mich, wenn ich wieder in der Heimat bin. Sie würden ein Benefizkonzert für mich organisieren, wie ich das finden würde. Im ersten Moment verstehe ich sie nicht ganz richtig, lache und sage, ja, das wäre schön. Als sie wieder aufgelegt haben und ich auf meinem Bett sitze, denke ich noch einmal über das eben Gehörte nach. Was wollen die veranstalten – ein Benefizkonzert für mich ganz alleine, das haut mich um, es ist unglaublich, und schon wieder fließen die Tränen. Ich wollte doch nie wieder nach Hause, das Leben ist so

unkompliziert leicht hier. Und jetzt das. Meine Waschenbächer, die sich alle freuen, mich endlich wiederzusehen.
Ich bin hin- und hergerissen von meinem fürchterlichen
Fernweh, das zerreißt mich fast innerlich. Das war heute
ein emotional sehr schwieriger Tag für mich. Eigentlich
sollte ich doch glücklich sein und mich auf Gerd freuen.
Mit diesem Gedanken versuche ich einzuschlafen, zum
letzten Mal alleine in diesem großen Bett.

Wache auf, ohne vom Wecker geweckt zu werden, ich
bin wie gerädert. Das war eine fürchterliche Nacht. In
einer Stunde landet Gerd, er ist schon ganz nah. Gehe
spät frühstücken, mein Handy steht auf vollem Empfang.
Um 9.30 Uhr kommt schon eine SMS von Gerd, dass er
in einem Taxi sitzt und auf dem Weg nach Mount Lavinia ist. Da Gerd schon so früh kommt, sage ich meinem
Fahrer, dass ich später ins Hospital fahre, weil ich hier auf
Gerd warten möchte. Ubol geht zurück ans Hotel. Ich
trinke meinen Kaffee, schaue ständig auf die Uhr, und da
kommt Ubol mit Gerd um die Ecke. Ich freue mich riesig, wir umarmen uns ganz fest, nach nur zehn Minuten
könnte man meinen, dass Gerd nie wirklich weg gewesen
ist. Er sieht ziemlich fertig aus, möchte duschen und sich
ausruhen. Aber ich habe kein Erbarmen mit ihm, gönne
ihm eine Tasse Kaffee. Dann muss er mit ins Hospital.
Ich weiß selbst nicht, wie ich es die letzten 14 Tage noch
geschafft habe, den kurzen steilen Weg zum Hospital
alleine hochzukommen. Jetzt habe ich Gerd und alles
wird wieder gut. Gerd begrüßt den Professor und einige
einheimische Kursteilnehmer, die er noch kennt. Heiner
ist nicht hier, wir erfahren von Audrey, dass Heiner sich

um seinen Flug nach Indien kümmert, seine Papiere sind endlich aus Deutschland gekommen.

Gerd hat es wirklich geschafft, eine Fleischwurst aus Deutschland mitzubringen. Die Fleischwurst wird den heutigen Tag nicht überleben, ich esse gleich ein Stück mit Hochgenuss, Mann, habe ich das vermisst! Er zeigt mir meinen Behindertenausweis, der doch tatsächlich nach Monaten mit der Post gekommen ist. 50 Prozent Behinderung mit einem „G", das ist lachhaft, damit kann ich nicht einmal auf einem Behindertenparkplatz parken. Aber der Ausweis interessiert mich im Moment nicht wirklich, ich betrachte ihn wie einen Fremdkörper. Er gibt mir auch viele Grußkarten von ganz lieben Waschenbächern zu lesen. Ich erzähle Gerd von dem Anruf letzte Nacht, er sagt, schade, dass sie nicht warten konnten, denn ich sollte es erst in Deutschland erfahren. Der ganze Ort würde sich an dem Benefizkonzert beteiligen, die Organisation läuft schon auf Hochtouren.

Den ganzen Mittag verbringen wir im Zimmer, wir haben sehr viel zu erzählen. Abends lassen wir uns dann von der Klinik direkt zum Strand fahren. Es ist schön, mit Gerd hier zu sitzen und dem Rauschen der Wellen zuzuhören, als ob sich nichts verändert hätte. Aber wir wissen beide, dass die Krankheit sehr schnell voranschreitet. Gerd sagt, er hätte nicht gedacht, dass es in den sechs Wochen seiner Abwesenheit so schlecht geworden sei. Ich habe es selbst nicht wahrhaben wollen, so bin ich immer kürzere Wege gegangen und auch oft im Hotelzimmer geblieben. Mit Grauen denke ich an den Weg vom Strand zum Hotel, halte mich ganz fest an Gerd und wir gehen sehr, sehr langsam zum Hotel zurück.

Am nächsten Morgen werde ich mit Kaffeeduft geweckt, es ist wunderbar, ein bisschen verwöhnt zu werden, anschließend gehen wir frühstücken. Sogar Veronika ist heute zum Frühstück erschienen. Somason ist schon fertig, er hat Termine. Ich bin froh, dass wir ihn noch erwischt haben. So lernt Gerd ihn wenigstens einmal kurz kennen. Veronika kommt heute nicht mit ins Hospital, ihr geht es immer schlechter. Mittags ist es bewölkt, und Gerd ist noch ein wenig müde von der Reise und dem Stress in Deutschland, er muss erst wieder etwas ruhiger werden, wir bleiben im Zimmer. Ich muss gleich wieder schreiben, es ist wie ein Zwang, ich kann nicht loslassen. Gerd tut mir schon ein wenig Leid, dass ich im Moment so besessen bin. Er bekommt natürlich mit, dass mich das Schreiben sehr mitnimmt. Er fragt mich, warum ich mir das antun müsse, mir sei es doch vorher viel besser gegangen. Er kann mich einfach nicht verstehen, weil er mich von allen Dingen fernhalten möchte, die mich in irgendeiner Form belasten könnten. Ich sage nur, weil mich das Schreiben so belastet, könnte man ja sehen, wie es tief in mir drin aussieht. Dass ich die Krankheit noch lange nicht verarbeitet habe, dass das Schreiben mir aber letztendlich darüber hinweghelfen kann.

Abends nach dem Hospital sind wir bei Wilja eingeladen, Audrey und Ronald nehmen wir im Three-Wheeler mit. Heiner kann leider nicht mitkommen, er ist vom Professor abkommandiert worden. Heiner soll mit Veronika in ein

Krankenhaus fahren, ihr geht es immer schlechter. Man kann sie nicht mehr alleine in dem Hotelzimmer lassen. Wilja freut sich sehr, Gerd wiederzusehen. Es wird ein sehr unterhaltsamer Abend, in deutscher und englischer Sprache, wobei es Gerd etwas schwerer fällt, sich in Englisch zu unterhalten. Er ist nach den sechs Wochen in Deutschland wieder viel unsicherer geworden.

Den nächsten Mittag verbringen wir am Pool, es gibt kaum noch Tage, wo der Himmel einmal wieder sein schönstes Blau zeigen kann. Ich gehe nicht ins Wasser, den ich glaube, dass ich mich, wenn ich aus dem Wasser komme, nicht mehr alleine aufrichten kann. Mein rechter Oberschenkel ist sehr schwach geworden. Veronika ruft später im Zimmer an, Gerd geht ans Telefon, sie sagt, dass sie nicht mehr ins Hotel zurückkommen wird. Wir sollen die Zimmermädchen bitten, ihre Sachen zusammenzupacken und mit einem Taxi ins Krankenhaus bringen zu lassen. Sie würde am nächsten Tag direkt vom Krankenhaus aus nach London zurückfliegen. Das war das Letzte, was wir von Veronika gehört haben. Ich habe zwar ihre Handynummer, aber ihr Handy wurde in der Zwischenzeit gestohlen.

In der Abendklinik sagt Heiner zu Gerd, dass es an der Zeit sei, das Akupunktieren zu lernen. Es kostet Gerd sehr viel Überwindung, die Nadeln bis zum Anschlag in meinen Rücken zu stechen. Aber ihm bleibt keine andere Wahl, er muss es jetzt schnell lernen. Heiner hat seinen Flug nach Indien gebucht, es bleiben nur noch wenige Tage Zeit zum Üben, dann ist Heiner für immer weg.

Das stimmt mich sehr traurig, aber so ist das im Leben. Die Menschen kommen und gehen.

Endlich kann ich Gerd das Mount Lavinia Hotel zeigen. Wir lassen uns direkt nach der Klinik hinfahren. Da ich mich mittlerweile gut auskenne, fahren wir mit dem Lift in den zweiten Stock, wo sich die Terrasse befindet, und ich muss keine Treppen steigen. Hier fühle ich mich sehr wohl, es herrscht eine angenehme Atmosphäre, und Gerd ist auch beeindruckt. Das Essen ist wieder besonders gut, für Unterhaltung wird auch gesorgt, es kommen Tänzerinnen auf die Terrasse. Leider fängt es an zu regnen und wir müssen uns an einen überdachten Tisch setzen. Die Stimmung ist weiterhin gut, wir bleiben trotz Regen noch eine ganze Weile sitzen.

Am nächsten Morgen geht es Gerd überhaupt nicht gut. Er hat schlecht geschlafen und meint, dass er leichtes Fieber hätte, das käme bestimmt von der langen Fahrt im Taxi vom Flughafen nach Mount Lavinia, der Taxifahrer hatte die Aircondition an. Appetit hat er auch nicht, er möchte aber mit ins Hospital. Mittags bleiben wir im Zimmer und Gerd schläft den ganzen Nachmittag über.

Abends geht es ihm noch schlechter, aber er hält sich tapfer, setzt mir die Nadeln sehr gut. Gerd macht das wirklich toll. Heiner meint, er könne Gerd helfen, und setzt ihm auch ein paar Nadeln, die er vorher noch heiß macht. Gerd autscht ganz schön darum. Heiners Vermieter gibt für heute Abend ein Abschiedsessen für Heiner und wir sollen auch kommen. Gerd ist überhaupt nicht begeistert, er möchte nur schlafen. Mit größerer Anstrengung kann ich ihn aber überreden mitzugehen, es ist doch schließlich Heiners Abschiedsessen, da will ich nicht fehlen. Wir lassen uns aber vorher noch von unserem Fahrer ans Hotel bringen. Ich erwarte noch einen Anruf aus Deutschland, wegen des Benefizkonzertes.

Später suchen wir uns einen fremden Three-Wheeler-Fahrer, lassen uns zu Heiner bringen. Erst sagt der Fahrer, er wisse, wo das sei, und dann irren wir doch in der Gegend herum. Gerd wird immer genervter, schließlich haben wir die Adresse gemeinsam gefunden und vereinbaren mit dem Fahrer, dass er uns wieder abholen soll. Er sagt, er kommt, es sei kein Problem für ihn. Es sind schon alle da, das Essen wird aufgetischt. Gerd isst nichts, hat immer noch keinen Appetit. Er ist den ganzen Abend über sehr ruhig, so kommt bei mir auch keine große Stimmung auf. Audrey sagt, Gerd sei ganz grün im Gesicht, er sehe schlecht aus. Heiner fragt uns später, ob er uns ein paar Bücher und andere Sachen mit nach Deutschland geben kann, aber nur, wenn wir auch noch genug Platz im Koffer hätten, dann bräuchte er sie nicht mit nach Indien zu nehmen. Wenn er dann so ungefähr in einem Jahr wieder zurück in Deutschland sei, würde er die Sachen bei uns abholen kommen. Ich sage sofort, ja, natürlich, denn das ist das Mindeste, was ich für Heiner tun kann.

Es ist spät geworden, und natürlich kommt der Fahrer nicht mehr vorbei. Da wir hier in einer Nebenstraße sind, kommen auch keine Three-Wheeler vorbei. Der Vermieter bietet sich an, uns zur Hauptstraße zu fahren. Heiner kommt mit. Die anderen können natürlich zu Fuß gehen, bis sie einen Three-Wheeler finden. An einer Ecke stehen einige Fahrer herum und wir halten an. Heiner fängt an, den Preis auszuhandeln, aber Gerd will nur noch ins Hotelzimmer, es dauert ihm im Moment alles zu lange, er würde in diesem Moment auch den doppelten Preis zahlen. Heiner ist recht hartnäckig und nach einigem Hin und Her können wir endlich losfahren.

Am nächsten Morgen ist Gerd wieder topfit, es ist unglaublich, wie schnell die Akupunktur bei ihm gewirkt hat. Heiner ist heute das letzte Mal im Hospital und ich bekomme meine Nadeln von ihm gesetzt. Er verspricht uns, am Montag noch einmal in die Abendklinik zu kommen, um sich auch dort zu verabschieden, verspricht uns auch, sich um zwei Stimulatoren zu kümmern, die wir nach Deutschland mitnehmen können. Nach dem Hospital fahren wir Gewürze kaufen, schon zwei Häuser von dem Laden entfernt riecht es unwahrscheinlich gut nach diversen Gewürzmischungen, da könnte man zum Schnüffler werden. Mittags lassen wir uns zum Mount Lavinia Hotel fahren und verbringen den ganzen Nachmittag auf der Terrasse. Die Abendklinik lassen wir heute ausfallen, denn es ist keiner dort, der mit mir Krankengymnastik machen könnte. Gerd setzt mir die Nadeln im Hotelzimmer. Wir fahren ins „Old Frankfurt", der Besitzer erkennt Gerd sofort wieder und kommt an unseren Tisch. Er freut sich, Gerd wiederzusehen, und wir unterhalten uns eine ganze Weile. Im Hotelzimmer angekommen, schläft Gerd ziemlich bald ein, aber ich bin noch zu wach, um einschlafen zu können, hole mein

Notebook hervor und schreibe an meiner Geschichte bis zum Morgengrauen. Ich bin der geborene Nachtmensch, in der Stille der Nacht kann ich meinen Gedanken freien Lauf lassen.

Mein Gott, es ist Sonntag, wir sind noch eine gute Woche hier, dann sind drei Monate vergangen. Wo ist diese Zeit nur geblieben? Ich will es nicht wirklich glauben, drei lange Monate, das geht mir alles viel zu schnell, ich würde so gerne länger bleiben. Aber der Ruf der Heimat wird immer stärker. Schade, dass Somason nicht hier ist, ich hatte gehofft, ihn wenigstens am Sonntag beim Frühstück zu sehen. Bis zum späten Mittag bleiben wir sitzen, schauen dem Treiben zu. Pferde werden im Meer gebadet. Der Strand füllt sich nach und nach mit Einheimischen. Die Strandverkäufer lassen uns in Ruhe, die kennen mich mittlerweile gut. Von dem langen Sitzen und der Sonne bin ich ziemlich geschafft. Ich bin froh, dass wir wieder im Zimmer sind. Das hat mich wieder sehr viel Kraft gekostet. Schalten die Aircondition ein und vertrödeln den ganzen Nachmittag im Zimmer. Zum Abendessen wollen wir noch einmal an den Strand, mein Kopf sagt ja, aber meine Beine nicht. Bis jetzt bin ich immer wieder ins Hotelzimmer gekommen, auch wenn es immer anstrengender wird. Ein letztes Mal abends am Strand sitzen, das muss sein, denke ich wehmütig.

Morgens im Hospital sind die Kursteilnehmer rar geworden, lasse ich mir die Nadeln vom Professor setzen, schicke Gerd los, um nach Audrey Ausschau zu halten, damit sie mir weitere Nadeln setzt und mich an den Stimulator anschließt. Sie sagt, dass sie gleich kommt. Nach einer guten halben Stunde nimmt Gerd mir die Nadeln wieder ab. Audrey hat mich vergessen, sie hat im Moment zu viel zu tun. Ja, Heiner fehlt schon sehr. Es ist bewölkt, wir gehen trotzdem an den Pool. Es fängt an zu regnen, so werde ich wenigstens einmal nass. Es bleibt uns nicht mehr viel Zeit in Sri Lanka, ich möchte unbedingt noch etwas unternehmen. Da es für mich nicht so viel Auswahl gibt und ich mir keinen Stress machen möchte, habe ich von einer Eisenbahnreise gelesen, die soll zu den schönsten Eisenbahnreisen Asiens gehören. Das wäre etwas, das ich noch machen kann. Gerd, den Oberplaner, habe ich überzeugt, dass es kein Problem ist, eine geeignete Übernachtung zu finden, das würde alles im Reiseführer stehen. Wir müssen nur ein paar Sachen packen und zum Bahnhof fahren. Ohne jegliche Diskussion sagt Gerd einfach Ja und ich freue mich auf ein kleines Abenteuer in den Bergen.

In der Abendklinik klappt es besser mit Audrey, man muss einfach in ihrer Nähe bleiben. Heiners Patienten sind aufgeteilt worden, aber sie vermissen ihn schon jetzt. Es wird immer später und Heiner lässt sich nicht blicken, ich verstehe das nicht. Er wollte uns seine Sachen bringen und sich um die Stimulatoren kümmern. Normalerweise ist er ein sehr verlässlicher Mensch. Was ist nur los? Morgen früh fliegt er nach Indien und ich habe mich nicht einmal richtig von ihm verabschieden können.

Da es spät geworden ist, bestellen wir an der Rezeption Essen aufs Zimmer. Die Sandwichs sind kalt und die Pommes fehlen. Gerd regt sich auf, ich sage, dass er mal keinen Stress machen soll, man könne die Sandwichs auch kalt essen, es würde mir nichts ausmachen. Gerd regt sich noch mehr auf, weil ich mich nicht aufrege. Er geht zum Restaurant, um Pommes zu holen. Wenn das alles im Leben wäre, worüber man sich aufregen müsste, dann wäre meine Welt in Ordnung. Ich finde es einfach lächerlich. Der Rest des Abends ist etwas stiller als sonst, ich hole demonstrativ mein Notebook raus und vertiefe mich in meine Geschichte.

Am nächsten Morgen im Hospital sagt Audrey, dass Heiner gleich vorbeikommen würde, er sei noch nicht nach Indien geflogen. Sie setzt mir die Nadeln und wir warten, bis Heiner kommt. Er kommt tatsächlich noch vorbei und sagt, dass er gestern nur Stress hatte, einen Flug nach Indien zu buchen mit seinem neuen Reisepass. Heute Abend geht sein Flieger und er kommt später bei uns vorbei, um die Sachen für Deutschland vorbeizubringen.

Wir bleiben im Zimmer und warten auf Heiner, aber er ruft nur an und sagt, dass ihm die Zeit davonrennt, dass er nicht mehr kommen kann, sein Vermieter würde die Sachen in den nächsten Tagen vorbeibringen. Ich lasse mir noch schnell seine Internetadresse geben, wir verabschieden uns. Das war's.

In der Abendklinik verteilt der Professor heute Vitamininjektionen. Mich hat er auch aus erkoren.

Mit gemischten Gefühlen sitze ich vor ihm und er sticht mit der Spritze achtmal in verschiedene Muskelpunkte.

Das hat sehr wehgetan und ich blute aus jedem Einstich. Ich hoffe sehr, dass das eine einmalige Angelegenheit war. Heute Abend lassen wir uns ins „Green Cabin" fahren, das hatte mir so gut gefallen, als ich mit Somason und seiner Familie dort war. Ich mache es wie Tony, bestelle alles Mögliche von der Speisekarte. Na ja, damals waren wir zu fünft, jetzt sitzen wir zu zweit vor diesen vielen kleinen Gerichten. Es ist natürlich viel zu viel und für Gerd ist es auch noch zu scharf. Wir bleiben nicht zu lange, denn morgen früh geht es an den Bahnhof. Unser Fahrer hat draußen gewartet. Ubol wird von Tag zu Tag immer anhänglicher.

Am nächsten Morgen stehen wir früh auf, packen ein paar Sachen ein für eine Nacht, und los geht es zum Bahnhof. Ubol kümmert sich um unsere Fahrkarten. Wir haben Glück und bekommen noch Erste-Klasse-Tickets, der Zug fährt in einer halben Stunde ab. Ubol sagt, dass wir ihn morgen, egal wann wir zurückkommen, auf seinem Handy anrufen sollen. Er würde dann sofort kommen. Das finde ich sehr nett von ihm. Auf der anderen Seite habe ich ihm genau aus diesen Gründen ein Handy gekauft. Der Bahnhofsvorsteher ist sehr zuvor kommend und bietet mir einen Sitzplatz an.

Der Zug kommt und er hilft mir auch noch in den Zug. Die Stufen sind sehr hoch, aber mit der Hilfe kein Problem. Der Zug fährt sehr gemütlich los. Wir sitzen im letzten Waggon, alle Fenster sind geöffnet und vor uns ist ein sehr großes Panoramafenster für einen schönen Ausblick. Der Zug ist sehr, sehr alt, das Holz knarrt und es ruckelt sehr heftig. Über die erste Klasse in Sri Lankas Zügen lässt sich bestimmt streiten, der Fahrpreis hat uns milde gestimmt. Als wir Colombo hinter uns gelassen haben, sehen wir das wirkliche Sri Lanka. Wir sehen Reisfelder mit Wasserbüffeln, Bananenplantagen und Palmen ohne Ende. Es geht stetig bergauf, die Lok ächzt und krächzt. Ich komme mir vor wie „Lukas fährt nach Lummerland". An jedem noch so kleinen Bahnhof wird gehalten. An manchen Bahnhöfen ist nicht einmal ein Bahnsteig vorhanden und die Menschen steigen über den Schienen in den Zug. Ich hoffe inständig, dass der Bahnhof in Badulla einen Bahnsteig hat, sonst muss ich im Zug übernachten. Für Essen und Trinken ist gesorgt, es kommen ständig Straßenverkäufer an den Zug und bieten alles Mögliche an. Als der Zug wieder einmal hält, gehe ich schnell auf die Toilette, denn bei dem Geruckel während der Fahrt ist es für mich unmöglich, überhaupt aufzustehen. Vom Meeresspiegel bis auf 1900 Meter Höhe, das ist schon beeindruckend. Hier oben gibt es hauptsächlich Teeplantagen in einem satten Grün. Wir schauen Teepflückern bei der Arbeit zu. Es ist eine einzigartige Landschaft, es geht weiter über Brücken und durch viele Tunnel wieder bergab auf 700 Meter, und nach guten neun Stunden sind wir in Badulla angekommen.

Badulla liegt 300 Kilometer von Colombo entfernt. Der Bahnhof ist klein, aber urgemütlich. Schmiedeeiserne Girlanden und Parkbänke aus Holz schmücken den Bahnhof, es ist auch ein richtiger Bahnsteig vorhanden. Gerd bittet um Hilfe und es kommt auch gleich jemand, der mir aus dem Zug hilft. Da sind die Knochen schon etwas steif, nach so einer langen Fahrt. Um zum Ausgang zu gelangen, müssen wir über eine Brücke. Viele Stufen hoch und auch wieder hinunter. Am Ausgang angekommen, fallen wir natürlich gleich auf, weil wir Weiße sind und ich noch gehbehindert dazu. Es ist schon dunkel geworden. Der Bahnhofsvorsteher fragt gleich neugierig, was ich habe, ob wir schon wüssten, wo wir übernachten, und wie lange wir bleiben wollen. Ich sage ihm, dass wir nur eine Nacht bleiben und morgen wieder mit dem Zug nach Colombo fahren möchten. Der Bahnhofsvorsteher ist wirklich nett, er reserviert uns für den nächsten Morgen einen Platz im Zug und pfeift auch noch einen Three-Wheeler-Fahrer herbei, der uns in ein günstiges Hotel ganz in der Nähe bringen würde. Wir bedanken uns sehr für seine Hilfe und werden in ein nettes Hotel gefahren. Mit dem Fahrer vereinbaren wir gleich, dass er uns am nächsten Morgen abholen soll. Es sind nur noch ein paar Treppenstufen zu bewältigen, das geht gerade noch, und schon sind wir an der Rezeption. Sie sind alle sehr freundlich zu uns. Wir fragen, ob es in der Nähe etwas zu essen gibt, und der Mann zeigt uns im Nebenraum das Restaurant. Das finde ich für heute ganz prima, alles auf einer Etage, da können wir erst einmal in aller Ruhe duschen und dann schön essen gehen. Das Zimmer ist sehr groß und hat auch einen Ventilator, aber so warm ist es hier nicht wie in Colombo, dass man ihn dringend bräuchte. Wir sind sehr zufrieden mit allem. Es hat ja auch alles wunderbar geklappt. Gerds Befürchtungen haben sich in Luft aufgelöst, er hat ständig Angst um mich, dass mir etwas passieren könnte. Aber ich habe sechs Wochen allein Training hinter mir und weiß, das alles möglich ist, wenn man es nur will.

Am nächsten Morgen gibt es auch noch ein sehr gutes Frühstück, der Fahrer ist pünktlich und wir fahren zum Bahnhof. Es ist schönes Wetter, der Himmel ist blau, die Sicht ganz klar. Das wird eine schöne Rückfahrt. Der Bahnhofsvorsteher von gestern ist da, er besorgt uns unsere Tickets und wünscht uns eine gute Reise. Ich werde wieder mehr oder weniger in den Zug geschubst. In unserem Waggon sitzt die ganze Familie von gestern. Von ihnen erfahren wir, dass der Zug einen Umweg über Kendy fährt. Dass die Fahrt insgesamt länger dauern wird. Der Zug fährt ab, es sieht heute noch viel schöner aus, die Grüntöne sind noch intensiver bei dem klaren Himmel. Wir haben Durst, es kam bis jetzt noch niemand vorbei, der Getränke verkauft. Gerd geht Richtung Speisewagen, kommt aber nach fünf Minuten zurück. Er sagt, es sei unmöglich, zum Speisewagen zu gelangen. Die Waggons seien voll gestopft mit Menschen, sitzend und stehend, in den Gängen gibt es kein Fortkommen.

Am späten Nachmittag erreichen wir Kendy, dort haben wir eine Stunde Aufenthalt und Gerd holt Getränke. Die Lok wird an unserem Wagon angedockt, sodass wir jetzt die Fahrtrichtung geändert haben. Der Zug setzt sich wieder in Bewegung, direkt hinter Kendy fängt es an zu regnen. Gerd müht sich verzweifelt ab, die Fenster zu schließen, sie klemmen, Gerd ist schon ganz nass. Ein Mann hilft Gerd und zu zweit bekommen sie die Fenster zu. Der Dschungel dampft, das sieht richtig gespenstisch aus. Ich denke, wenn der Zug so weiterzuckelt, kommen wir nie in Colombo an. Als ob mich der Zugführer gehört hätte, wird die Lok immer schneller, sie gibt alles, auch halten wir nicht mehr an jedem Bahnhof an. Diesmal hat die Fahrt elf Stunden gedauert. Im Bahnhof in Colombo ist der Bahnsteig sehr hoch und ich komme mit Gerds Hilfe alleine aus dem Zug. Ubol habe ich angerufen, er kommt sofort. Kaum sind wir aus dem Bahnhof draußen, werden wir von Taxi- und Three-Wheeler-Fahrern umringt. Alle wollen uns nach Mount Lavinia bringen. Ich sage, dass wir auf unseren Fahrer warten, der in gut 20 Minuten kommen würde. Das verstehen sie nicht, warum denn warten, wenn es hier so viele Fahrer gibt. Sie sind alle lästig nett und warten neugierig mit uns auf Ubol. Ein Taxifahrer bringt mir einen Stuhl, ich soll mich doch setzen, und Gerd geht los, besorgt uns einen Kaffee. Ubol kommt, er freut sich, uns zu sehen, wir steigen ein und Ubol schaut triumphierend zu den anderen Fahrern rüber. Im Zimmer angekommen, bestellen wir uns etwas zu essen, es ist schon nach 21 Uhr und wir sind ausgehungert. Diesmal klappt es mit der Bestellung und Gerd ist auch zufrieden. Satt gegessen und müde schlafen wir bald ein. Es regnet die ganze Nacht durch.

Morgens werden wir vom Telefon geweckt, es ist 7.30 Uhr. Das Mädchen vom Empfang sagt, es sei ein Mann hier, der Sachen abgeben möchte. Es ist Heiners Vermieter, der die Sachen von Heiner bringt. Ein Rucksack, voll gestopft mit Büchern, der ziemlich schwer ist, und noch zwei Plastiktüten mit Wäsche. Das werden wir wohl irgendwie unterbringen müssen. Das Telefon klingelt schon wieder, es ist Toni, der Bekannte von Veronikas Ehemann. Er fragt, ob ich eine aktuelle Telefonnummer von Veronika in London habe. Ich sage, nein, habe ich nicht, ich habe nicht einmal eine Adresse von ihr. Dann möchte er noch Wiljas Telefonnummer, damit kann ich ihm wenigstens dienen. Ich lade ihn spontan ins Mount Lavinia Hotel zu einem Abschiedsessen ein, er freut sich und sagt gerne zu.

Was ist denn nur los heute? Ich bin doch noch gar nicht richtig wach und das Telefon klingelt zum dritten Mal. Es ist Wilja, sie möchte sich mit uns verabreden. Das trifft sich gut, sage ich, übermorgen würden wir ins Mount Lavinia Hotel mit Toni zum Essen gehen.

Beim Frühstück sind wir von unserem Kellner vermisst worden, aber im Hospital hat uns keiner vermisst. Audrey hat sehr viel zu tun, im Moment sind sehr wenig Kursteilnehmer da, die helfen könnten. So bekomme ich meine Nadeln vom Professor ohne Strom. Den Mittag vertrödeln wir wieder einmal, das Wetter spielt auch heute nicht mit.

In der Abendklinik erwischen wir endlich den jungen Mann, der die Stimulatoren verkauft. Letzte Woche hat er nie Zeit gehabt, und so langsam wird es dringlich. Nach der Klinik fahren wir ein letztes Mal ins „Old Frankfurt", essen ein gutes Cordon bleu und verabschieden uns von dem netten Besitzer.

Am nächsten Tag haben wir eine Shoppingtour geplant. Nach dem Hospital fahren wir nach Colombo. Endlich einkaufen, schließlich bin ich ja auch nur eine Frau, ich habe schon richtige Entzugserscheinungen. Natürlich hätte ich mit Ubol schon längst einkaufen gehen können. Das hätte mir aber nur halb so viel Spaß gemacht wie mit Gerd. Seit drei Monaten trage ich immer dieselben Sachen. Da ich die Nadeln in den Oberschenkel gestochen bekomme, kann ich nur Shorts tragen. Ich habe eine blaue und eine grüne Shorts, die ich die drei Monate über getragen habe. Ein Kleid kann ich auch nicht anziehen, denn ich bekomme auch Nadeln in den Rücken. Meistens sind wir nach der Abendklinik direkt wohin gefahren, so konnte ich mich auch nie umziehen. Aber heute ist mein Tag. Wir fahren erst einmal in ein Geschäft, wo man Tee und Souvenirs kaufen kann, dann geht es weiter in ein großes Kaufhaus, nennt sich Odel, das hat mir Jörn wärmstens empfohlen.

Vor dem Kaufhaus ist ein Café, und da trinken wir erst einmal in aller Ruhe einen Kaffee, bloß keinen Stress machen. Etwas gestärkt gehen wir ins Kaufhaus hinein. Ich bleibe auch sofort an einer Leinenhose in Lavendel hängen, sieht sehr gut aus und ist supergünstig. Hinter mir sagt jemand Hallo, wie ich mich umdrehe, ist es Wilja. Sie hatte gehofft, uns hier zu treffen. Sie sagt, dass sie mindestens einmal die Woche hier einkaufen geht. Im zweiten Stock seien auch noch Damensachen, aber nur Markenartikel. Ich möchte die Hose anprobieren und gehe zu einer Kabine, da ist natürlich kein Stuhl vorhanden. Ohne Stuhl kann ich mich schon lange nicht mehr anziehen. Eine Verkäuferin holt sofort übereifrig einen Stuhl, ich ziehe die Hose an und wie jede Hose ist sie zu lang, ich bin halt nicht die Größte mit 1,60 Meter. Wilja spricht mit der Verkäuferin, die Hose wird abgesteckt und in einer Stunde kann ich sie schon fertig abholen. Wilja kennt sich hier eben sehr gut aus. Eine große Auswahl an Blusen gibt es hier, und da ich mich nicht entscheiden kann, nehme ich gleich drei Blusen mit. Wir wollen auch noch nach oben, Wilja geht auch weiter, wir sehen uns ja heute Abend wieder. Ich stehe vor der Rolltreppe, traue mich aber doch nicht, sie zu benutzen. Wir fragen eine Verkäuferin, wie ich nach oben komme, ohne die Rolltreppe zu benutzen. Sie führt uns in einen Lagerraum und da ist ein Lieferantenlift, mit dem wir nach oben gelangen. Ich steuere sofort auf ein Kleid zu, ist das schön, wie es da so hängt und nur auf mich gewartet hat. Wie ich auf den Preis schaue, ist das Kleid nicht mehr ganz so schön. Im ersten Stock habe ich die Schnäppchen gemacht und nun dieses Kleid. Gerd gefällt es auch sehr gut, also gut, wir nehmen es.

Sehr zufrieden verlasse ich das Geschäft, wir gehen noch was trinken, in der Zwischenzeit holt Gerd noch meine neue Hose ab. Ein großes Geschäft langt mir vollkommen, bin mal wieder geschafft und froh, wieder im Hotel zu sein. Wir gehen nicht zur Abendklinik, denn Audrey hat sich heute Morgen auch verabschiedet. Bevor sie abreisen, gehen sie eine Woche ins Meditationscenter. Ab jetzt ist keiner mehr dort, den wir gut kennen. Ich steche mir die Nadeln selbst, probiere auch den neuen Stimulator aus. Drehe alle Knöpfe auf null, schließe die Nadeln daran an, sofort ist Strom drauf, ich zucke heftig zusammen. Schaue sicherheitshalber noch einmal auf den Stimulator, es steht wirklich alles auf null. Das halte ich keine zehn Minuten aus, man könnte meinen, die hätten die Null mit der Zehn verwechselt. Das ist typisch „made in Sri Lanka". Vielleicht können wir sie in Deutschland reparieren lassen.

Für heute Abend mache ich mich schick und ziehe das neue Kleid an, es passt sehr gut, im Geschäft hatte ich nicht mehr den Nerv, es anzuprobieren. Ubol wartet schon auf uns, er wird von Tag zu Tag trauriger. Im Mount Lavinia Hotel angekommen, setzen wir uns auf die Terrasse. Die Tische auf der Terrasse sind heute nicht gedeckt, es sind auch keine Gäste zu sehen, was wir schon ein bisschen merkwürdig finden. Bei den Angestellten herrscht großes Treiben. Wir werden nicht bedient und von Wilja ist auch nichts zu sehen, sie ist normalerweise überpünktlich. Es fängt an zu regnen und wir gehen rein, da ist mittlerweile alles abgesperrt. Wir stehen da und wissen im Moment nicht, was wir machen sollen. Ein Kellner kommt, fragt, ob er uns helfen kann. Ich sage, dass wir heute Abend hier essen möchten. Er sagt, dass heute das ganze Mount Lavinia Hotel reserviert sei. Zwei Hochzeiten und eine große Fluggesellschaft seien heute Abend hier. Er bittet uns, zum hauseigenen Fischrestaurant am Strand zu gehen. Ich sage, dass wir noch auf zwei Personen warten möchten, dann zusammen zu dem Restaurant gehen würden. Er sagt, das sei in Ordnung, und bringt uns etwas zu trinken. Wilja ist jetzt schon über eine halbe Stunde zu spät, ich rufe sie auf dem Handy an. Sie geht auch gleich dran. Sie schimpft gleich los, sagt, dass sie seit 45 Minuten vor dem Eingang vom Hotel steht, die Angestellten würden sie nicht mehr reinlassen. Sie hätte auch schon den Manager losgeschickt, nach uns zu suchen, er habe uns angeblich nicht gesehen. Das glaubt man ja nicht, wir sind die Einzigen Deutschen hier weit und breit. Der Manager findet uns dann doch noch und wir können ihn überreden, Wilja kurz zu uns zu lassen. Wilja sagt zu mir, dass ich das zu Fuß nicht schaffe bis zu dem Fischrestaurant, und wenn sie uns schon umleiten wollen, dann sollen sie auch gefälligst für einen Rollstuhl sorgen. Das klärt sie sofort mit dem Manager. Es kommen zwei Angestellte mit einem Rollstuhl daher, ich setze mich hinein.

Wir gehen gemeinsam los, es ist ein sehr schön angelegter Weg mit vielen kleinen Treppchen und Brückchen, mal geht es hoch und wieder runter. Wilja hatte Recht, das hätte ich nicht alleine geschafft. Ich frage Wilja, ob es am Strand Toiletten gibt, und sie sagt, ja, da bin ich beruhigt. Der Weg ist zu Ende, es gehen noch acht Stufen zum Strand runter, wo sich das Fischrestaurant befindet. Die Angestellten wollen gerade den Rollstuhl anheben, aber ich sage, stopp, die Treppen gehe ich dann lieber doch zu Fuß runter. Heil angekommen, bestellen wir etwas zu trinken und ich möchte mit Gerd auf die Toilette gehen. Wir fragen den Kellner, er sagt, die Toiletten seien abends geschlossen, die seien nur tagsüber auf für die Strandgäste, wir müssten wieder nach oben gehen, dort seien geräumige Toiletten.

Das darf doch nicht wahr sein, wir sind doch gerade von oben gekommen. Also Rollstuhl wieder hoch und ich die acht Stufen schon etwas mühseliger. Ich werde an die Toilette gefahren und denke, das tue ich mir für heute nur einmal an. Ganze Tour wieder zurück, so, jetzt können wir entspannt zu Abend essen. Mittlerweile hat uns Toni auch gefunden. Es gefällt uns gut, der Fisch ist vorzüglich und wir bleiben den ganzen Abend. Auf dem Heimweg begleiten mich gleich drei Angestellte mit dem Rollstuhl, das sind nicht gerade erfahrene Rollstuhlschieber und ich habe die Augen mehr zu als auf. Wilja hat heute ein Auto dabei, sie fährt uns ans Hotel. Wir verabschieden uns von Wilja, sie drückt mich. Wir werden auf jeden Fall in Kontakt bleiben. Das war wieder ein Abend, denke ich.

Unser letzter Sonntag in Sri Lanka, denke ich traurig, wir gehen frühstücken. Heute bin ich schon morgens schlapp und meine Beine sind sehr unruhig, die Muskeln bewegen sich ständig, das nervt mich, war wohl doch ein bisschen viel, die Shoppingtour gestern. Es regnet kurz, die Luftfeuchtigkeit ist sehr hoch. Wir haben nichts vor und bleiben erst einmal sitzen. Die Bettler kommen wie jeden Sonntag pünktlich vorbei, auch eine Frau mit vielen Kindern, die uns schon seit Wochen nicht von der Seite weicht. Wir versprechen ihr, morgen früh eine Tüte voll mit Sachen zu bringen, die wir nicht mit nach Deutschland nehmen. Damit gibt sie sich zufrieden und geht wieder. Ich bin total durchgeschwitzt, das Gehen fällt mir so schwer. Ich möchte im Zimmer bleiben, auch den Abend über. Wir hatten gestern genug Action.

Letzter Tag in Sri Lanka, ich gehe mit sehr gemischten Gefühlen an den Strand. Wir frühstücken, zum letzten Mal muss ich diesen fürchterlichen Toast essen, das ist aber auch das Einzige, was ich nicht vermissen werde.

Ich schaue auf den Ozean, drei Monate dieser herrliche Ausblick. Da kann man schon richtig melancholisch werden. Die Frau mit den vielen Kindern kommt, holt sich ihre Tüte ab. Sie sagt, dass sie für mich beten wird. Montags ist immer ordentlich Betrieb beim Professor, und so geht der Abschied dort schnell. Als er mir die Nadeln setzt, sage ich zu ihm, dass ich heute das letzte Mal da bin, aber ich glaube, das hat er gar nicht richtig mitbekommen. Das war mir auch recht so. Mittags fangen wir an zu packen. Alle Koffer und Reisetaschen sind randvoll, doch wir haben alles untergebracht. Wir versuchen zum letzten Mal unser Glück, fahren ins Mount Lavinia Hotel, gehen auf die Terrasse, wieder kein Sonnenuntergang, es ist bewölkt. Es ist so schade, ich hätte gerne nur einmal einen Sonnenuntergang in Sri Lanka gesehen. Ich bestelle mein Lieblingsessen, Curry Chicken, das tröstet mich auch nicht. Ich bin sehr traurig, der Abschied fällt mir schon sehr schwer. Der Abend verläuft sehr ruhig, jeder hängt seinen Gedanken nach. Ubol fährt uns zurück, er sagt ganz jammervoll, sein Herz sei gebrochen, genau das fehlt mir heute auch noch. Am Eingang vom Hotel wäre ich beinahe noch hingefallen, Gerd hat gerade noch nach mir gegriffen. Mein rechtes Bein fängt an, mir Sorgen zu machen, die Muskulatur lässt ganz schön zu wünschen übrig, ich kann mich jetzt auch nicht mehr auf mein rechtes Bein verlassen. Ich kann einfach nicht einschlafen, und so schreibe ich noch weit bis nach Mitternacht.

Der Wecker klingelt um sechs Uhr, er reißt mich aus dem Tiefschlaf. Es regnet stark, der Himmel weint. Gerd kocht einen letzten Kaffee. Ich ziehe das Laken über meinem

Kopf, ich will nicht weg von hier. Wir packen unsere Reste zusammen. Ich nehme Abschied von meinem Zimmer. An der Rezeption wartet Ubol auf uns, das hatte ich mir schon fast gedacht, dass er noch einmal auftaucht. Tränen sind in seinen Augen zu sehen, er drückt mich und sagt, das er mich sehr vermissen werde. So eine coole Lady hätte er gerne überall hingefahren. Das Taxi kommt, jetzt will ich nur noch so schnell wie möglich von hier weg. Wir fahren auf der Galle Road und ich schaue mir alles noch einmal sehr intensiv an. Ja, es waren drei gnadenlose Monate mit allen Höhen und Tiefen, ich habe diese Zeit hier sehr genossen.

Am Flughafen angekommen, fragen wir nach einem Rollstuhl. Das erschreckt mich auch nicht mehr. Ich habe akzeptiert. Beim Einchecken am Schalter haben wir 25 Kilo Übergepäck. Der Mann am Schalter fragt, wie das passieren kann. Gerd sagt, meine Frau hat zu viel Shopping gemacht. Der Mann am Schalter ist unbeirrt und sagt, das kostet 80 Euro. Da haben wir erst einmal geschluckt. Es hilft nichts, ich hole meine Visa-Karte hervor, gebe sie Gerd. Als er bezahlen möchte, schaut der Mann in meine Richtung und sagt, das nächste Mal sollen wir besser aufpassen, und lässt uns so durch. Scheint heute unser Glückstag zu sein.

Ich darf wieder als Erste in das Flugzeug steigen. Diesmal habe ich unbedingt einen Fensterplatz gewollt, die Angst vorm Fliegen ist auch von mir gegangen. Was soll mir auch noch Schlimmes im Leben passieren? Pünktlich um elf Uhr heben wir ab und ich schaue so lange wie möglich aus dem Fenster, bis Sri Lanka hinter uns liegt. Der Flug ist sehr ruhig. Das ist gut für meine Nerven. Wir fliegen über Indien, ich muss an Heiner denken, der irgendwo da unten ist und den Kindern hilft. Ich lasse meinen Gedanken freien Lauf. Was wird mich in Deutschland erwarten, schaffe ich das alles überhaupt noch? Ich bekomme es mit der Angst zu tun. Aber das Flugzeug bringt mich Stück für Stück dem Ungewissen näher.

WASCHENBACH HAT MICH WIEDER

Wir sind gelandet, wir müssen warten, bis wir abgeholt werden. Mir ist ganz seltsam zumute, ich weiß wirklich nicht, ob ich mich freuen soll. Ich werde mit dem Rollstuhl gleich zum Ausgang gefahren. Gerd kämpft noch mit dem vielen Gepäck. Und da stehen sie: Geli, Franz, Sabine, Rainer und Lea. Ich schaffe mich aus dem Rollstuhl raus, sie schmeißen mich bald um, und die ersten Tränen kullern auch schon. Es ist so schön, sie zu sehen. Gerd kommt voll beladen dazu. Ich setze mich wieder auf den Gepäckwagen, und so rollen wir ans Auto. Für meine Verhältnisse ist es recht kühl, auch wenn die Sonne scheint. Sie überreichen mir erst einmal ein Korb voller Wurst für meinen ersten Heißhunger. Wir fahren auf die Autobahn, es ist alles grün um uns herum. Der Odenwald ist in seiner schönsten Pracht zu sehen. Vor drei Monaten war noch alles kahl und grau in grau. Waschenbach hat mich wieder. Am Hoftor werde ich von Heike, Volker und Erna begrüßt. Wir wollen nur kurz hoch in unsere Wohnung, die Koffer abstellen und uns frisch machen. Und schon ist er da, der erste Schock, diese Treppen, waren die schon immer so hoch und steil? Ich schaffe mich gerade noch so hoch. Ich denke, Ulla, du hast einen langen Tag hinter dir, bist übermüdet. Morgen sieht die Welt wieder anders aus.

In unserer Wohnung warten meine Mutter und mein Bruder schon auf uns. Wir fallen uns in die Arme, das war eine lange Zeit. Ich kann gar nicht richtig zu mir kommen. Wir sollen gleich zu Heike rüber, da gibt es Fleischwurst und Kartoffelsalat. Treppen wieder runter, rüber zu Heike. Gerd nimmt mich an die Hand. Keiner sagt etwas, als ob ich vor drei Monaten schon so schlecht gelaufen wäre. Wir bekommen die Teller voll geschöpft, und schon geht es los, das Gequassel, alle reden durcheinander und ich weiß gar nicht, wo ich anfangen soll. So habe ich mir das vorgestellt, das habe ich wirklich vermisst. Es ist schön, so gute Freunde zu haben. Meine Schwägerin Uri kommt vorbei, begrüßt uns herzlich und fragt, wo wir denn bleiben würden, die ganze Dorfkneipe sitze voller Menschen, die auf uns warten. Gerd fährt mich mit dem Auto hin, es sind vielleicht 300 Meter. Es gibt ein großes Hallo, jeder begrüßt mich, ich werde gedrückt und geküsst. Wir setzen uns an den runden Tisch, ich erzähle, so gut ich kann. Es ist alles ein bisschen viel für heute. Steffi, Axel und Steffen, die Organisatoren des Benefizkonzertes, sind auch da und wir reden über dieses Ereignis. Es ist im Moment Gesprächsthema Nummer eins in Waschenbach, ich weiß gar nicht, wie ich mich verhalten soll, kann es immer noch nicht glauben. Wir fahren nach Mitternacht nach Hause. Ein letztes Mal diese Treppe hoch gequält für heute. Zur Toilette gehe ich mit Stock, mein Gott, ist die Wohnung groß geworden. Wir schlafen sofort tief und fest ein.

Von Vogelstimmen geweckt, werde ich um halb sechs wach. Ich schaue mich im Zimmer um. Nein, das ist nicht Sri Lanka, ich liege in meinem Bett in Waschenbach. Gerd wird auch wach und wir bleiben noch eine

Weile im Bett liegen, hören uns das Morgenkonzert der Vögel an. Es klingt wunderbar in meinen Ohren, nicht dieses hässliche Gekrächze der Krähen, das man dort den ganzen Tag gehört hat. Voller Tatendrang stehen wir auf, es gibt einiges zu tun. In der Wohnung kann ich mich auch nur noch mit Stock bewegen. Ich gehe auf den Balkon, Heike hat mir als Überraschung die Blumenkästen bepflanzt. Ganz bunt, so wie ich es gerne mag. Die Kästen sind trocken, ich muss die Blumen gießen, aber wie soll ich das machen? Ich kann mit der einen freien Hand keine so schwere Gießkanne mehr halten. Ich bitte Gerd, mir die Gießkanne auf den Balkon zu bringen Mit größerer Mühe schaffe ich es, die Blumen zu gießen. Ich muss mich erst einmal hinsetzen. Es kommt wie angeschossen, ich begreife, wie hilflos ich geworden bin. Ich kann nicht einmal mehr eine simple Tasse Kaffee von der Küche ins Wohnzimmer tragen, ohne die Hälfte zu Verschütten. In Sri Lanka habe ich in einem Zimmer gelebt, die Toilette war drei Schritte entfernt, ich musste mich um gar nichts kümmern, nur um mich. Am liebsten würde ich sofort wieder nach Sri Lanka fliegen und mich dort verstecken. Ich muss mich sehr zusammenreißen, um nicht auszuflippen. Es tut innerlich so weh, es zerreißt mich fast. Was ist bloß passiert mit mir? Meine Krankheit schreitet unaufhaltsam massiv fort. Wäre ich die drei Monate in Deutschland geblieben, hätte es sich auch sehr verschlechtert, mit Sicherheit sogar noch schneller, dann wäre ich von Monat zu Monat immer hilfloser geworden. Dann wäre aber der Schock nicht ganz so groß geworden. Ich glaube ganz fest an die Akupunktur. Die Zeit arbeitet voll gegen mich, ich muss lernen, mit dieser neuen Situation umzugehen. Vor allen Dingen muss ich lernen loszulassen, zu akzeptieren, dass ich ab jetzt ständig immer mehr Hilfe brauche. Gerd tut mir jetzt schon Leid, er muss ab jetzt fast alles im Haushalt alleine machen.

Heute ist nicht mein Tag, ich gehe keinen Schritt vor die Tür. Setze mich auf meinen Lieblingsplatz, schließe mein Notebook an. Nach drei Monaten habe ich bestimmt mehrere Mails bekommen und muss einige Downloads ausführen. Nach drei Minuten im Internet schmeißt mich das Programm raus. Na prima, ich habe mir gleich einmal einen Virus eingefangen. Nichts geht mehr, so, das war dann das auch für heute. Ein Telefonat jagt das andere, ich bemühe mich, fröhlich zu klingen, was mir auch gut gelingt. Ich sage zu Gerd, dass mir vielleicht ein Fahrrad-Heimtrainer gut tun würde, das müsste ich doch noch schaffen, jeden Tag eine halbe Stunde Fahrrad zu fahren. Vielleicht könnte ich mein rechtes Bein ein wenig stabilisieren. Gerd setzt das gleich in die Tat um. Meine Schwägerin hat so ein Gerät, das sie im Moment nicht regelmäßig nutzt. Er telefoniert kurz und sagt zu mir, dass der Heimtrainer heute Abend gebracht wird. Gerd setzt mir die Nadeln mit Strom, das halte ich nicht aus, da muss etwas passieren mit den Geräten.

Mein Fast-Schwager Berny und Steffen kommen mit dem riesigen Heimtrainer. Wir stellen den Heimtrainer in unser so genanntes Vogelzimmer. In dem Zimmer dürfen unsere zwei Kanarienvögel frei fliegen, aber noch sind sie zur Pflege. Erzähle Steffen mein Problem mit dem Computer, er kennt jemand, der mir helfen kann. Den

Rest des Abends verbringe ich vorm Fernseher, da habe ich auch noch einiges nachzuholen.

Heute habe ich lange geschlafen, das hat mir richtig gut getan. Gerd möchte Wäsche waschen, ich sortiere die Wäsche vor. Als er die Tür von der Waschmaschine schließt, bricht er den Schnapper ab. So bleiben wir auf unserem Berg Wäsche erst einmal sitzen. Und wieder klingelt das Telefon ununterbrochen. Mein Chef ist am Telefon, er würde gerne bei mir zu Hause vorbeikommen und ganz zwanglos bei Kaffee und Kuchen mit mir über die Zukunft reden, wie ich mir meine Arbeitszeit vorstelle, denn er weiß, das ich keine 40-Stunden Woche mehr arbeiten kann. Er hätte Pfingstmontag Zeit, ich stimme zu. Aber ich weiß es ja selbst nicht, was ich in der Firma noch kann und was nicht. Probiere den Heimtrainer aus, das klappt überraschend gut. 20 Minuten sind kein Problem für mich.

Meine Mutter hat Geburtstag, wir sind zum Kaffee eingeladen. Vorher müssen wir noch Gerds Auto aus der Werkstatt holen, das ist jetzt schon über 14 Tage dort. Die Treppe gehe ich sehr vorsichtig runter, halte mich ganz fest am Geländer fest. So geht es doch noch ganz gut. Endlich wieder Auto fahren, das geht dank der Automatik noch wunderbar. Ich fahre für mein Leben gerne Auto. Früher bin ich immer gerne mit zum Autohaus gefahren, da habe ich mir immer die neuesten Modelle angesehen und mit dem Besitzer ein wenig geplauscht. Ich setze Gerd nur ab und warte, bis er sein Auto bekommen hat. Dann fahren wir zu meiner Mutter. Sie ist überglücklich, uns zu sehen, heute haben wir auch viel Zeit. Meine Nichte Jenny ist mit ihrem Freund extra aus München gekommen und mein Bruder ist auch da. Es ist ein sehr schönes Familientreffen, wir reden auch ganz offen über meine Krankheit, denn mittlerweile ist ihnen klar geworden, wie ernst die Situation geworden ist. Sie bewundern mich alle so sehr, aber sie wissen nicht, wie es ganz tief in mir drin aussieht. Das kann keiner, den es selbst nicht betrifft.

Wieder daheim, müssen wir auch einmal etwas zu essen kochen. Ich setze mich mit einem Stuhl an den Herd und Gerd bringt mir alle Zutaten, die ich für das Gericht brauche. Das Telefon klingelt schon wieder, es ist ein Mann von einer größeren Tageszeitung am Telefon. Er sagt, dass er über das Benefizkonzert schreiben möchte und ob ich etwas dagegen hätte, wenn mein Name genannt wird. Ich sage, dass es mir nichts ausmacht, ganz im Gegenteil, dann vereinbaren wir noch einen Fototermin für morgen. So, jetzt komme ich also auch noch in die Zeitung, und das mit Bild. Eigentlich habe ich davon geträumt, in die Zeitung zu kommen, wenn ich geheilt worden bin. Aber gut, das ist schon einmal ein Anfang.

Ich habe meine Krankheit noch keinen einzigen verfluchten Tag akzeptiert. Ich habe zwar einige schwere Satzverluste hinnehmen müssen, aber das Match habe ich noch lange nicht verloren. Ich werde kämpfen wie eine Löwin. Es gibt noch genug andere Möglichkeiten, die ich schon in Augenschein genommen habe. Ich weiß das einfach, ich werde wieder ganz gesund, das ist es, was mich immer wieder stark macht.

Am nächsten Morgen werde ich schon mit Sonnenschein geweckt, es wird ein schöner Tag. Auch heute steht das Telefon nicht still. Zwischendurch rufe ich Jörn an, er freut sich riesig, von mir zu hören. Wir reden eine ganze Weile und ich lade ihn zu meinem Benefizkonzert ein. Leider kann er nicht kommen, er hat einen wichtigen Termin am nächsten Tag und Bochum ist doch etwas entfernt von Waschenbach. Schade, ich hätte mich riesig gefreut, wenn er gekommen wäre. Weil das Wetter so schön ist, fahren wir noch ein paar Pflanzen für den Balkon kaufen. Ich sage zu Gerd, welche Pflanzen mir gefallen, und er trägt sie ans Auto. Geli und Franz kommen vorbei, sie unternehmen mit Heike und Volker übers Wochenende eine Kanufahrt. Ich winke ihnen vom Balkon aus zu. Mal eben schnell die Treppe runtersausen und Hallo sagen geht einfach nicht mehr.

Sigi, mein Bruder, kommt mit Jenny und Dany überraschend vorbei. Sie wollen nur mal kurz bei uns vorbeischauen, was wir so treiben. Dann wollen sie weiter aufs Schlossgrabenfest in Darmstadt, dort spielen heute Abend über 15 Bands. Ich sage, dass wir gleich losmüssen, ein Fotograf kommt zur Krone, um uns zu fotografieren. Sie beschließen mitzugehen, das wollen sie noch sehen. Die Organisatoren des Benefizkonzerts kommen ebenfalls dazu und der Fotograf schießt einige Bilder von uns. Keiner geht nach Hause, die Stimmung ist gut, meiner Familie gefällt es so gut, dass sie nicht mehr zum Schlossgrabenfest fahren. Es war wieder einmal so ein typisch uriger Waschenbächer Abend.

Ja, das Leben ist nicht einfach geworden. Beim Duschen klammere ich mich am Haltegriff fest und wasche mich nur noch mit einer Hand. Alles strengt mich an und ich sage nur, Gerd, kannst du mal bitte dies, Gerd, kannst du mal das. Er macht es wirklich gerne, aber für mich ist das immer noch ein großes Problem. Gerd bepflanzt noch die restlichen Gefäße auf dem Balkon, ich schaue zu und sage ihm, wie er es machen soll. Das war meine Lieblingsarbeit, ich konnte stundenlang in der Erde rumbuddeln, da war ich immer glücklich und zufrieden. Die Waschmaschine funktioniert auch wieder und wird auf das Äußerste strapaziert. Tom, ein guter Bekannter, hat meinen Computer von dem Virus befreit. Ich verbringe Stunden an diesem Gerät, bis man mal wieder alles einigermaßen im Griff hat. Der Tag könnte noch zwölf Stunden mehr haben im Moment.

Pfingstsonntag verbringen wir mit der Familie. Uri und Berny haben uns zum Essen eingeladen. Das Wetter spielt mit und wir können draußen auf der Terrasse essen, ein bisschen Sri-Lanka-Feeling, da fühlt man sich doch gleich wieder besser bei den Temperaturen. Eigentlich wollen wir noch weiter zu meiner Mutter, uns von Jenny und Dany verabschieden, die morgen früh wieder nach München fahren. Wir haben uns aber auf der Terrasse eingesessen und überhaupt keine Lust mehr wegzufahren. Ich rufe meine Mutter an, ob sie nicht Lust haben, bei uns vorbeizukommen. Sie sagt, ja, dass sie gerne kommen.

Wir haben dann noch Stunden draußen gesessen. Wenn ich einmal bei uns zu Hause die Treppen runtergegangen bin, will ich nicht mehr heim, und so überrede ich alle

Mann, noch einmal mit in die Dorfkneipe zu gehen. Dort bleiben wir auch noch eine ganze Zeit. Das war wieder ein Nonstop-Unterhaltungstag. Spät in der Nacht quäle ich mich wieder einmal die Treppe rauf und verfluche sie. Muss denn immer alles so schwierig sein?

Ein letztes Mal ausgiebig ausgeschlafen. Ich werde schon nervös, wenn ich nur an morgen denke. Alleine zu Arbeit fahren, wie soll ich denn an meinen Arbeitsplatz gelangen? Ich kann ohne fremde Hilfe nicht mehr gehen. Ich mache mir jetzt schon große Sorgen. Gerd geht ab morgen auch wieder arbeiten. Kaum habe ich mich hier in Deutschland an meine Situation einigermaßen gewöhnt, kommen wieder viele schreckliche neue Situationen auf mich zu. Auf der anderen Seite freue ich mich sehr, meine Arbeitskolleginnen und -kollegen wiederzusehen, die ständig an mich gedacht haben. Irgendwie werde ich es schaffen, wie bisher.

Am Nachmittag kommt mein Chef mit Kuchen vorbei, wir setzen uns in die Küche und reden. Er lässt mir völlig freie Hand, wie ich meine Arbeitszeit gestalte. Hauptsache, ich komme wieder. Wir vereinbaren, wenn ich morgen komme und im Hof geparkt habe, dass ich dann auf dem Handy anrufe. Dann kommt jemand zu mir und hilft mir beim Reingehen in die Firma. Auch dass ich einen Arbeitsplatz im ersten Stock bekomme. Alles bestens geregelt, aber die Angst kann mir keiner nehmen.

Schreibe Heiner eine lange Mail nach Indien in der Hoffnung, dass die Mail auch dort ankommt. Bin nur noch müde von gestern und außer Fernsehschlafen läuft heute nichts mehr.

Ich bin schon vor dem Wecker aufgewacht, habe sehr schlecht geschlafen, die ganze Nacht über habe ich mich hin- und hergewälzt. Gerd ist schon zur Arbeit gefahren. Er hat mir die Thermoskanne mit Kaffee auf den Küchentisch gestellt, damit ich einen Kaffee trinken kann. Sitze fertig angezogen am Küchentisch und rede mir gut zu, dass die Treppe kein Problem für mich ist. Noch dreimal tief durchatmen, los, Ulla, geh jetzt endlich. Ich klammere mich am Geländer fest und gehe die Stufen in Zeitlupe hinunter. Meine Beine zittern. An der Haustür steht ein Stuhl, da lasse ich mich reinplumpsen. Gerd hat das Auto so geparkt, dass ich es mit fünf kleinen Schritten erreichen kann. Den Schlüssel in der einen Hand und den Stock in der anderen, taste ich mich vorsichtig ans Auto vor. Autotür auf, rückwärts reinfallen lassen. Geschafft. Im Auto geht es mir wieder gut.

Nach guten 20 Minuten parke ich im Hof, rufe übers Handy den Empfang an. Karin kommt sofort raus, nimmt mich in den Arm und hilft mir, in die Firma reinzukommen. Es hat sich sofort herumgesprochen, dass ich im Haus bin. Wir treffen uns alle in einem Zimmer, ich bekomme einen Stuhl vorne hingestellt und muss Bericht erstatten. Als ich fertig bin mit Erzählen, sagt mein Chef, dass mir jeder gerne helfen wird, ich muss es nur zulassen und mir keine Gedanken darum machen. Sie wären alle für mich da. Es bleibt mir nichts erspart, ich muss ein letztes Mal in den zweiten Stock, in mein Bürozimmer.

Die Treppen sind nicht so steil wie daheim. Mit einigem Kraftaufwand geht auch das. Packe meine Siebensachen in Kisten, die dann eine Auszubildende runterträgt.

Es ist Mittag geworden, bin geschafft. Lasse mich wieder ans Auto bringen und fahre nach Hause. Es glaubt einem ja kein Mensch, dass man so einen Horror vor einer Treppe haben kann. Mit wirklich letzter Kraft habe ich es geschafft. Jetzt muss ich mich erst einmal hinlegen. Gerd kommt von der Arbeit zurück, weckt mich, fragt mich erschrocken, ob alles in Ordnung ist. Ich sage, ja, bin nur ein wenig geschafft. Wenn Gerd nicht in meiner Nähe ist, macht er sich immer nur Sorgen. Ich berichte ihm alles und beruhige ihn, dass doch alles in Ordnung sei. Sonst würde ich ja nicht hier im Wohnzimmer sitzen.

Am nächsten Morgen geht es mir schon besser, werde diesmal vom Wecker geweckt und haue dreimal drauf, ganz wie früher. Die Angst ist nicht ganz verschwunden, aber da gestern alles gut gelaufen ist, hält sie sich in Grenzen. Komme auch gut in die Firma, muss nur fünf Stufen hoch. Werde an meinen Arbeitsplatz geführt. Ich sitze erst einmal, fange an, die Kisten auszupacken, und richte mich an meinem neuen Arbeitsplatz ein. Bekomme auch einen Kaffee gebracht, und schon muss ich auf die Toilette. Rufe nach Karin, sie kommt und führt mich an die Toilette. Mit Hilfe des Türgriffes kann ich mich von der Toilettenschüssel wieder aufrichten. Dann werde ich wieder an meinen Arbeitsplatz geführt. Eine ganz liebe Mandantin kommt vorbei, bringt mir Blumen, freut sich sehr, mich wiederzusehen. Mit einem Blick sieht sie, was in den drei Monaten mit mir passiert ist. Ihr gehört ein Sanitätshaus und sie sagt, dass sie mir morgen einen Rollator vorbeibringen würde. Ich sage, das sei nicht nötig, aber sie ist auch eine von der hartnäckigen Sorte. Kaum ist sie weg, muss ich schon wieder auf die Toilette. Der Kaffee treibt, ist mir schon peinlich. Sie versichern, dass sie mich gerne bei der Hand nehmen. Ich denke aber, dass es kein Dauerzustand werden kann, dass ich nicht einmal alleine auf die Toilette kann. Der Vormittag geht sehr schnell vorbei, fahre wieder nach Hause. Die Treppen gehen heute ganz gut, aber mein Bein ist extrem unruhig, da weiß ich, dass wieder etwas schlechter werden wird. Innerlich weiß ich, dass ich nicht mehr lange arbeiten gehen kann, mein Kopf ist aber sehr stur und will es noch nicht wahrhaben.

Im Radio läuft gerade das Lied „Der Weg" von Herbert Grönemeyer. Ich schaffe es nicht so schnell, an das Radio zu kommen, um es abzuschalten. Die Tränen kullern hemmungslos. Ich reagiere auf dieses Lied sehr allergisch, seit mein Kater gestorben ist, und jetzt mit meiner Krankheit noch viel mehr. Gott sei Dank, dass ich alleine bin.

Gerd kommt von der Arbeit, bringt die Tageszeitung mit. Da steht ein großer Artikel über das Benefizkonzert drin, und wir sind auch groß abgebildet, das Foto ist wirklich gut geworden. Meine Arbeitskollegin Sonja hat heute Polterabend, wir sind eingeladen und fahren hin. Sie poltert in einem Vereinsheim, hat alles sehr schön arrangiert. Fast alle Arbeitskolleginnen und -kollegen sind da, es herrscht gute Stimmung und es wird viel gelacht. Auch wenn es nicht gerade warm ist, ist es doch gemütlich. Wir sitzen ein bisschen geschützt unter einem Pavillon, so halten wir es recht lange aus.

Kaum bin ich im Büro, kommt meine Mandantin mit einem Rollator, ich soll es doch einfach einmal ausprobieren. Sie verspricht, mir auch einen Rollstuhl für morgen mitzubringen zum Benefizkonzert. Ich schaue das Ding schräg an, aber es geht wunderbar, halte mich an den Griffen fest und kann wieder ganz alleine gehen. Wieder ein Schritt Selbstständigkeit. Lasse mir den Rollator von einem Arbeitskollegen ans Auto bringen.

Gerd bringt ihn mir später in die Wohnung, ich fahre mit dem Ding in der Wohnung rum, kann Getränke und Bücher, einfach alles Mögliche in den Korb packen. Ab jetzt kann ich wieder Sachen transportieren. Beschließe, mit Gerd sofort zum Hausarzt zu fahren, um ihn mir verschreiben zu lassen. Wir reden ein wenig über Sri Lanka und ich mache gleich Nägel mit Köpfen. Lasse mir einen Rollator, einen Duschhocker und einen Rollstuhl verschreiben. Denn das dauert mit Sicherheit, bis alles Bürokratische geklärt ist. Ich habe eine E-Mail von Heiner aus Indien bekommen. Ich bin begeistert, dass es so gut funktioniert. Man ist so weit weg und trotzdem kann man sehr gut Kontakt halten. Freue mich sehr, er schreibt, dass ich bloß nicht aufgeben soll, trotz der Verschlechterung meines Zustands.

Der 4. Juni ist da, mein großer Tag. Ich wache auf, es ist Freitag, da muss ich nicht mehr arbeiten. Das hatte ich so vereinbart, dass ich nur montags bis donnerstags arbeiten gehen werde. Es ist ein ungewöhnliches Gefühl, frei zu sein, wenn man sein Leben lang immer nur voll Power gearbeitet hat. Den Morgen über bin ich alleine, bin auch schon ein wenig nervös wegen heute Abend. Gerd kommt schon mittags nach Hause, kümmert sich erst einmal um den geliehenen Rollstuhl, fährt nach Darmstadt, um in abzuholen.

Am Nachmittag wird das Haus immer voller, meine Arbeitskolleginnen kommen, um sich bei mir aufzuwärmen. Sie haben die Hütten mit Getränken und Essen bestückt. So ist der Nachmittag schon turbulent und ich komme nicht zum Nachdenken, was mich heute Abend erwarten wird.

Muss es ausgerechnet heute regnen? Das ist so gemein. Ich setze mich brav in den Rollstuhl und halte den Regenschirm fest. Es ist schon verrückt, wenn ich den Rollstuhl nicht hätte, wäre ich heute Abend nicht einmal auf mein eigenes Fest gekommen. Trotz des schlechten Wetters sind schon einige Menschen auf dem Platz. Dem Himmel sei Dank, es hört auf zu regnen und man sieht sogar wieder blaue Abschnitte am Himmel. Es wird voller und voller, von allen Seiten werde ich begrüßt. Der Ortsvorsteher hält eine Rede über meine Krankheit und warum wir heute alle zusammengekommen sind. Auch der Bürgermeister begrüßt mich. Ich halte keine Rede, ich gehöre zu den scheuen Rehlein, so was kann ich einfach nicht. Dazu habe ich zu wenig Selbstbewusstsein.

Die erste Band fängt an zu spielen. Sabine, meine Arbeits-kollegin, rollt mich durch die Gegend und überall werde ich gedrückt. Mein Herz wird immer größer. Meine Chefs und Kollegen haben sich alle einteilen lassen, so sehe ich sie überall an einem Stand. Es ist großartig geworden, so richtig gemütlich, überall sind kleine Hütten aufgestellt, wo es etwas zu essen oder trinken gibt. Der Boden ist sehr uneben, voller Gras und Löcher, und so bleibe ich im Rollstuhl sitzen. Meine Mandantin vom Sanitätshaus ist auch gekommen und ich bedanke mich noch vielmals für ihre spontane Hilfe. Dann kommt auch noch Jenny, meine Nichte, sie ist extra noch einmal von München gekommen, um dieses Konzert nicht zu verpassen. Ich bin sprachlos. Es ist ein ganz toller Abend und ich bin nur gerührt. Die zweite Band fängt an zu spielen, da gibt es für mich kein Halten mehr, es ist meine Lieblings-band aus Waschenbach. Von Sabine lasse ich mich an die Bühne fahren, hier bleibe ich. Sie sagen ein Lied an, das sie jetzt spielen werden, das haben sie extra für mich einstudiert. Ich habe es mir jedes Mal gewünscht, wenn sie irgendwo gespielt haben, aber sie hatten es nicht auf dem Programm.

Mittlerweile ist der ganze Platz voller Menschen, der Hö-hepunkt ist erreicht. Die letzte Band beginnt zu spielen, sie sind auch supergut drauf. Sie haben auch schon so oft in Waschenbach gespielt und kommen gerne zu uns. Axels Tochter Nina singt zum ersten Mal in der Öffentlichkeit. Sie ist völlig fertig und übernervös, aber als sie anfängt zu singen, wird es ganz still, jeder lauscht ihrer Stimme, da ist schon bei einigen Gänsehaut angesagt. Es kommen noch einmal alle Bands auf die Bühne, um gemeinsam Abschied zu nehmen. Das wird mir als ein unvergessenes Erlebnis in Erinnerung bleiben. Ich bekomme gar nicht mit, wie es sich so langsam leert, jetzt wird es auch gleich richtig kalt. Wir stellen den Grill in die Mitte, er heizt noch ordentlich nach. Es sind nur noch die da, die nie nach Hause gehen. Wir schwärmen noch die ganze Nacht von diesem einmaligem Erlebnis. Im Morgengrauen gehen wir dann endlich nach Hause. So kennen mich halt die Waschenbächer, immer bei den Letzten dabei sein. Es ist so schön, wieder daheim zu sein. Ich gehöre hierher. Sri Lanka war einmalig, so frei von Sorgen. Aber mein Herz gehört nach Waschenbach, das weiß ich jetzt.

Die Menschen haben mir heute Abend unglaublich viel Kraft gegeben, so weiterzumachen wie bisher. Nur keinen einzigen Tag im Leben aufgeben. Ich habe doch einiges erreicht, trotz meiner Krankheit. Aber Sri Lanka war doch nur ein Funken Hoffnung.